MINOU MYSTÉRIEUX

LES ENQUÊTES DE LA CHUCHOTEUSE
LIVRE 1

MOLLY FITZ

Rédactrice : Megan Harris
Traductrice : Suzanne Voogd
Correctrices : Jasmine Jordan & Alice Shepherd
Design de couverture : Lou Harper, Cover Affairs

Minou Mystérieux
PO Box 873543
Wasilla, AK 99687

AU SUJET DE CE LIVRE

J'étais juste une personne normale d'une vingtaine d'années avec sept diplômes différents et aucune idée de ce que je voulais faire dans la vie. Tout a changé quand je suis morte... Enfin, presque.

Comme si une expérience de mort imminente à cause d'une vieille cafetière n'était pas assez gênante, je me suis réveillée en découvrant que je savais parler aux animaux. Ou plutôt, à un animal en particulier.

Il s'appelle Octavius Maxwell Ricardo Edmund Frederick Fulton, mais comme c'est bien trop long, j'ai pris l'habitude de l'appeler Octo-Chat. Il parle si vite qu'il est parfois difficile à comprendre, mais il semble vouloir me dire que son ancien propriétaire n'est pas morte de cause naturelle, contrairement à ce que croit tout le monde.

Bon, on dirait bien que je n'ai plus le choix : apparemment, ma vocation est d'être la première détective privée chuchotant à l'oreille des animaux de Blueberry Bay... sous couverture de mon travail d'assistante juridique chez Fulton, Thompson & Associés. Je n'ai qu'une seule question : *comment faisait le Docteur Dolittle pour donner l'impression que c'était aussi facile ?*

REMARQUE DE L'AUTRICE

Bonjour, merci d'avoir choisi ce livre ! Si vous aimez autant que moi les *cozy mysteries* qui font rire, nous allons bien nous entendre.

Pour commencer, j'aimerais vous inviter sur ma page Facebook dédiée exclusivement à mon lectorat francophone. Vous pouvez le faire ici :

facebook.com/lapilealire

Et vous pouvez également vous inscrire à ma newsletter pour recevoir un cadeau numérique gratuit comprenant une histoire exclusive au sujet d'Octo-Chat que je réserve à mes abonnés:

minoumystérieux.com/abonnez

Nous allons bien nous amuser ensemble. Tout commence en tournant la première page…

On se revoit de l'autre côté,

MOLLY

À toutes celles qui aimeraient parler à leur meilleur ami animal... eh bien, qu'attendez-vous ?

CHAPITRE 1

La première chose que vous devez savoir sur moi, c'est que je déteste les avocats. La deuxième est que je travaille pour eux.

Je n'avais pas prévu ça. Pas du tout.

J'allais être une star internationale et quitter Blueberry Bay sans même un coup d'œil en arrière. Le problème avec ce plan était que, eh bien, il fallait du talent pour être une star... et je n'en ai jamais eu beaucoup. En tout cas, je ne l'avais pas découvert.

Pour l'instant.

Quand l'agence d'intérim m'a envoyée travailler en tant que nouvelle assistante juridique chez Fulton, Thompson et Associés, j'ai presque refusé. Mais ensuite, j'ai vu l'argent que cela représentait et je me suis souvenue que le loyer est une chose qui existe.

Et me voilà faisant le nécessaire tout en continuant mon chemin compliqué vers la célébrité, éliminant un par un tous les talents possibles. Si je continuais assez longtemps, j'allais finir par trouver ma véritable vocation, c'était logique. Qui sait? Je pourrais être la meilleure jodleuse hip-hop au monde...

Sauf que j'ai déjà essayé ça et je ne le suis pas.

Ce n'est pas grave, vraiment. Je profite de mon parcours, même si j'aimerais que la destination se dépêche d'arriver.

Salut, je m'appelle Angie Russo et un jour, vous verrez mon nom en haut d'une affiche.

Voyez-vous, ma grand-mère était autrefois une actrice célèbre de Broadway. En tout cas, jusqu'à ce qu'elle arrête au sommet de sa carrière pour aller vivre à Glendale, dans le Maine, et élever sa famille.

Avant que vous posiez la question, non, je ne sais pas chanter, danser, ou jouer, mais Mamie m'assure que j'ai le pouvoir d'être une star dans le sang. Tout comme elle et tout comme ma mère.

Ah oui, vous connaissez sans doute ma mère. C'est la présentatrice du JT sur la septième chaîne et mon père est leur journaliste sportif. Étant donné qu'ils sont très branchés carrière, c'est Mamie qui s'est chargée de m'élever... et ça me convenait très bien.

En fait, je vivrais encore chez elle maintenant si elle ne m'avait pas doucement poussée du nid en me disant qu'il était temps de m'envoler.

C'était il y a environ un an, peu après que je reçoive mon septième diplôme de premier cycle universitaire de Blueberry Bay Community College. Oui, j'ai effectivement toujours aimé apprendre.

Au moins, Dieu m'a rendu service en me rendant intelligente, même s'Il a bien caché mes talents uniques. En fait, un de mes diplômes est dans l'assistance juridique et les services administratifs, un étrange objet d'études pour quelqu'un qui déteste les avocats autant que moi.

Mais cette histoire sera pour un autre jour...

Voici d'abord l'histoire expliquant comment j'ai failli mourir. Et elle est bonne.

J'ai commencé ma journée en reniflant deux vestons afin de choisir le plus propre pour la lecture d'un testament au bureau. Les deux avaient une vague odeur de transpiration et de chaussures de sport, ce qui voulait dire que j'allais encore recevoir une remarque sévère de la part des avocats. D'un autre côté, c'était sans doute précisément ce que je méritais pour avoir repoussé si longtemps un trajet au pressing.

Après avoir embrumé mon placard de déodorant jusqu'à en tousser, j'enlevai le veston rose fluo de son cintre et je passai les bras dans les manches. Un chemisier noir à pois blancs et un legging complétaient parfaitement la tenue. Parce que je n'avais pas le temps de me laver la tête ce matin-là, j'attachai mes cheveux volumineux en un chignon décontracté et j'ornai la coiffure d'une jolie barrette que j'avais achetée cette semaine dans mon magasin « tout à un euro » préféré.

Et avant que vous puissiez poser la question…

Non, je n'avais pas le temps d'aller au pressing.

Et oui, j'avais toujours le temps d'aller faire les magasins.

Ce matin-là, je n'avais le temps de faire ni l'un ni l'autre. En fait, j'avais passé tant de temps à hésiter pour choisir mon veston que je n'avais plus de temps du tout. Je n'étais déjà pas du matin, mais quand il fallait ajouter à cela une course précipitée pour me rendre à un travail que je n'aimais même pas…

Eh bien, je savais déjà que cette journée allait mal se passer.

Je filai hors de chez moi — sans être douchée, sans avoir mangé et sans avoir bu de café — en espérant au moins avoir de la chance et prendre tous les feux verts en chemin. À la place, le train le plus long au monde me coupa la route à moins de deux pâtés de maisons de chez moi. La voie ferrée longe la seule grande route qui dessert notre petite ville côtière et il est impossible d'atteindre le cabinet en prenant des petites routes. Je me suis donc retrouvée coincée quinze bonnes minutes à attendre dans une file de voitures klaxonnant furieusement.

Quand je suis enfin arrivée au bureau, j'étais la dernière à passer la porte et il nous restait moins de dix minutes avant le début de la lecture du testament. Tout espoir que j'avais de me faufiler à l'intérieur sans être remarquée fut anéanti.

— Russo ! hurla M. Thompson avant même que la porte se referme entièrement derrière moi.

Si vous imaginez un vieil homme blanc portant des mocassins et une lavallière, vous aurez une assez bonne idée de l'apparence de M. Thompson et une meilleure idée de sa façon d'être. C'était un avocat fantastique, mais pas un patron très plaisant.

Une épaisse veine charnue pulsait sur le côté de sa tête et je n'arrivais pas à en détourner le regard. Il pointa un doigt tremblant vers moi et me jeta un regard noir.

— En retard et vêtue comme si vous alliez à une fête dont le thème est les années 80 au lieu d'une lecture de testament. Non. Ça n'ira pas aujourd'hui. Allez voir si Peters a une veste que vous pouvez emprunter.

Il me fallut la force d'un millier de culturistes pour ne pas lever les yeux au ciel en m'éloignant pour trouver la seule avocate féminine de tout le cabinet.

Parce que nous partagions le même sexe, nous étions souvent groupées ensemble, mais Bethany Peters et moi étions très différentes. Elle était blonde et jolie et *avait l'air* d'être adorable également — sauf que c'était en réalité le plus grand requin de tous. Je suppose que c'était nécessaire pour être prise au sérieux dans un monde masculin.

Mais qu'est-ce que j'en savais ?

J'étais une simple secrétaire qui n'avait même pas envie d'être là.

Bethany me jeta un regard dédaigneux dès que j'entrai dans son bureau en me pinçant le nez. Voyez-vous, Bethany avait une obsession des huiles essentielles et elle en vendait même à ces fêtes ringardes en ligne auxquelles elle nous invitait environ une fois par mois. Je ne travaillais au cabinet que depuis quelques mois, mais j'avais déjà commandé plus de sels de bain à la lavande que nécessaire pour toute une vie.

Le jour de la lecture du testament, le bureau de Bethany empestait le genièvre et le citron, ce qui n'était certainement pas une de ses meilleures compositions. Malgré tout, quel que soit le mélange revigorant pour le pouvoir des femmes qu'elle essayait de concocter, j'espérais sincèrement que cela fonctionne pour elle.

— Laisse-moi deviner, dit-elle avec le ton condescendant qu'elle utilisait toujours quand elle s'adressait à moi ou à un des autres employés sans diplôme de droit. Fulton t'envoie pour m'emprunter une veste.

Un sourire s'étala sur mon visage.

— Thompson, à vrai dire.

J'avais peut-être l'esprit de contradiction, mais j'adorais lui donner tort, particulièrement quand une journée commençait aussi mal que celle-ci. C'était un petit cadeau magnifique.

— Ne peux-tu pas acheter des vêtements de travail plus appropriés au lieu de toujours emprunter les miens à la dernière minute ?

Elle soupira avant de marcher pesamment vers l'autre côté de la pièce, les bras ballants et avec de grands pas exagérés. Elle ressemblait à un gorille blond BCBG, mais je décidai de garder cette comparaison pour moi.

— Thompson... Fulton... Ils paniquent tous les deux aujourd'hui, me confia Bethany. Apparemment, la vieille dame décédée fait partie de la famille de Fulton.

J'écarquillai les yeux. C'était donc pour cela que tout le monde faisait autant d'histoires aujourd'hui.

— Comment le sais-tu ?

— Eh bien, pour commencer, son nom de famille est Fulton également.

Elle tapota sa tempe pour me montrer sa puissance cérébrale supérieure.

Je me tapai sur la tête en lui faisant une grimace. Maintenant, nous étions toutes deux des gorilles de bureau, et quel spectacle !

Bethany gloussa en me tendant le veston bleu marine le plus ennuyeux jamais créé sur cette terre.

— Essaie de tenir le coup pour la lecture du testament, d'accord ?

Je hochai la tête en échangeant les vestes. Celle-ci me pinçait au niveau des aisselles, mais j'évitai de me plaindre.

— Merci, maugréai-je en m'échappant tout juste du bureau de Bethany avant qu'elle puisse une fois de plus me rappeler qu'Emmaüs ou l'Armée du Salut étaient de bons endroits pour des vêtements corres-pondant à mon budget.

— Il vaut mieux enlever cette barrette ! cria-t-elle.

Mince, presque.

Mais comme Bethany avait tendance à être comme un chien avec un os quand elle avait une idée, je retirai mon joli petit accessoire en arrachant quelques cheveux. Je défis également le chignon et je me peignai rapidement les cheveux avec les doigts pour les rendre semi-présentables. Avec un peu de chance, ça allait suffire à contenter tout le monde.

— Angie, est-ce toi ? demanda M. Fulton, l'associé principal, depuis l'intérieur de la salle de conférence.

Pour une raison qui m'échappe, Thompson utilise toujours nos noms de famille et Fulton nos prénoms. C'était peut-être leur façon de jouer au gentil avocat, méchant avocat, ou alors ils aimaient nous forcer à rester sur le qui-vive.

J'affichai mon meilleur sourire. Après tout, ce type venait de perdre un membre de sa famille.

— Bonjour, monsieur. Puis-je faire quelque chose pour vous ?

Son regard s'attarda brièvement sur mon visage, puis il s'éclaircit la gorge et indiqua la vieille cafetière poussiéreuse dans un coin de la pièce.

— Il va nous falloir beaucoup de café et comme tu

es un peu en retard ce matin, je crains qu'il n'y ait plus assez de temps pour courir en chercher au café. Il faudra utiliser notre cafetière de secours. Un café aussi fort que possible, s'il te plaît.

— Je m'en charge !

Nous n'utilisions pas très souvent la cafetière et ne la gardions vraiment que pour les urgences caféinées d'alerte rouge. Le fait que nous en ayons besoin maintenant n'était vraiment pas bon signe.

En fait, je n'avais jamais utilisé ce vieux machin. L'unique fois où j'en avais presque eu l'occasion, un interne était arrivé au bureau en portant un plateau de Starbucks et j'y avais donc échappé. Cette chose ancienne ne devait cependant pas être très difficile à comprendre. Après tout, j'avais sept diplômes différents.

M. Thompson, Bethany et quelques autres avocats entrèrent pendant que je trafiquais le porte-filtre qui refusait de s'aligner sur les rainures de la machine. Normalement, il n'y avait qu'un ou deux avocats présents à une lecture de testament, mais ils semblaient sortir le grand jeu pour celle-ci.

Était-ce simplement parce que la personne décédée faisait partie de la famille de l'un de nos associés ? Ou bien se passait-il autre chose ? Ma curiosité était soudain aiguisée.

En travaillant dans mon coin, j'entendis quelques bribes de conversation autour de la table de la salle de conférence. Nos discussions quotidiennes au cabinet étaient en général assez inintéressantes, mais tout semblait particulièrement croustillant aujourd'hui.

— Il est vrai que c'est une situation assez inhabituelle, dit Thompson le premier.

Plus tard, Fulton ajouta :

— Étant donné les modalités, je m'attends à ce que l'un des bénéficiaires conteste.

Un associé qui s'appelait Brad installa un magnétophone — oui, une autre relique qui vivait dans nos bureaux — et Bethany remua un tas de papiers.

Quand le porte-filtre se clipsa enfin à sa place, je laissai échapper un petit cri triomphal, m'attirant les regards désapprobateurs de mes collègues.

— Je reviens tout de suite, promis-je en filant le long de la foule grandissante avec le pot de café vide.

Une belle femme blonde portant un pull et un gilet assortis ainsi qu'un collier de perles m'arrêta avant que je puisse atteindre le robinet de la cuisine.

— Angie, je suis si contente de te voir !

Diane Fulton — l'épouse de M. Fulton — secoua la tête et fronça ses sourcils trop épilés.

— As-tu vu l'épisode d'hier soir ?

Même si Diane s'habille comme une snob aristo,

c'est la personne la plus cool de cet endroit. Elle et moi avions toute une liste d'émissions de téléréalité que nous aimions regarder et dont on parlait quand elle passait au bureau pour venir déjeuner avec son mari.

Elle écarquilla les yeux en attendant ma réponse. J'étais peut-être arrivée en retard au travail, mais je n'étais jamais en retard sur les épisodes.

— J'ai eu du mal à croire qu'ils aient éliminé Trace, dis-je avec un soupir tragique en ouvrant le robinet. J'espère qu'il pourra quand même obtenir un contrat pour un disque après tout ça.

— Parlons-en plus tard, dit-elle en fronçant légèrement les sourcils. Je dois…

Elle indiqua la salle de conférence. Je me sentis très mal pour elle.

— J'ai appris. Mes condoléances. Vous, euh, vous n'étiez pas proches, si?

Elle me fixa un moment comme si elle n'avait pas entendu la question. Ses boucles d'oreilles étaient si longues qu'elles touchèrent ses joues quand elle secoua la tête.

— Ethel était la grand-tante de Richard. Elle était très vieille et malade depuis longtemps. Je pense que nous nous attendions tous à ce qu'elle décède bientôt.

— Malgré tout, c'est nul.

Diane me fit un sourire poli avant de s'excuser.

Sérieusement? Je n'avais pas trouvé mieux que *c'est nul*? Heureusement qu'aucun de mes diplômes n'était en psychologie. D'un autre côté, ce n'était peut-être pas une si mauvaise idée de reprendre les études. Après tout, l'école avait toujours été l'endroit où j'étais bien. C'est en partie la raison pour laquelle j'ai fini avec tant de diplômes.

Je revins avec une carafe pleine d'eau et un sachet de café moulu dont la date d'expiration était dépassée depuis l'année précédente, mais qui sentait encore bon, heureusement. Pendant ma très brève absence, la salle de réunion s'était encore remplie davantage. Les Fulton devaient être une grande famille. Ou alors grand-tante Ethel avait été une femme fortunée — et probablement généreuse.

M. Fulton me regarda en levant un sourcil interrogateur.

— C'est presque prêt, assurai-je en passant devant la salle pour me rendre à mon petit coin tranquille avec la cafetière.

Je remplis le réservoir d'eau aussi vite que possible, je versai quelques cuillerées de café dans le filtre et j'appuyai sur le gros bouton rouge pour lancer la préparation.

Il ne se passa rien.

Alors j'appuyai encore... et encore... et encore treize fois sans effet.

— Ça aiderait de la brancher, dit Bethany d'une voix assez forte pour que tout le monde l'entende et puisse rire à cause de mon incompétence pleine de bonnes intentions.

L'horreur!

Je passai la main derrière la machine jusqu'à trouver le câble. Tout le monde riait encore quand j'enfonçai le cordon dans la prise la plus proche...

D'abord, je sentis un petit picotement au bout de mes doigts, puis tout mon corps fut animé de douleur. Pendant environ deux fractions de seconde, je devins hyper consciente de ce qui m'entourait : toutes les odeurs, les bruits, les sensations, même le goût de l'air dans cette pièce à ce moment-là. Les rires individuels se transformèrent en une exclamation collective.

Puis avec un *bzzzz* violent, tout disparut.

Je tombai sans connaissance sur le sol.

CHAPITRE 2

J e me réveillai sur le sol de la salle de conférence. C'était drôle, je ne me souvenais pas de m'être évanouie, et pourtant, me voilà.

Mon cœur battait à un million de kilomètres-heure, mais la plus grande partie de mon corps était devenue cotonneuse et parcourue de picotements. J'essayai de bouger les bras, mais ils semblèrent se contenter de rester étalés à mes côtés. Un par un, mes sens se remirent à fonctionner.

Pop!

Le hurlement de Mme Fulton fut la première chose que j'entendis, puis d'autres personnes dans la pièce se mirent à murmurer. Je reconnus certaines voix, mais d'autres m'étaient entièrement inconnues.

Bethany dit :

— Il est sans doute temps de nous débarrasser de cette vieille chose.

M. Fulton l'ignora en se précipitant vers moi.

— Angie… Angie…

Sa voix paniquée se rapprocha de moi.

— Est-ce que ça va ?

Pendant ce temps, M. Thompson marmonna quelque chose au sujet des responsabilités et de la compensation des travailleurs… exactement comme tous ceux qui le connaissaient s'y attendaient dans une telle situation.

J'essayais encore de me souvenir de ce qui était arrivé quand un poids inattendu se posa sur ma poitrine et m'empêcha de respirer. Une odeur de thon insupportable me monta aux narines, et cette intensité soudaine me fit tousser.

Une voix que je n'avais encore jamais entendue parla au-dessus de moi.

— Ça alors ! Celle-ci avait plus d'une vie, finalement. Les gens, *pouf*. Ils sont tellement fragiles.

— Oh, elle respire ! cria Diane.

— Bien sûr qu'elle respire, ma chérie, répondit son mari avec une trace de soulagement dans sa voix précédemment paniquée. Elle tousse également.

— Et moi qui pensais que le tour en voiture n'allait pas valoir le coup, intervint cette même voix inconnue avec un gloussement pas très amical. C'est le meilleur divertissement que j'ai eu de la semaine, haut la patte.

J'ouvris enfin les yeux et je découvris un regard ambré scintillant qui m'observait à quelques centimètres de là. Une seconde... pourquoi y avait-il un chat dans le bureau et pourquoi était-il sur moi? Je luttai pour m'asseoir, mais mes membres étaient encore trop lourds pour que je les soulève.

— Oh, reprit cette voix traînante. Si tu voulais continuer à marcher, tu aurais sans doute dû atterrir sur tes pieds.

Je laissai échapper un grognement. Je sentais l'activité tout autour de moi, mais la seule chose que je voyais c'était ce foutu chat qui envahissait mon espace personnel.

— Qu'est-il arrivé? demandai-je avant de me remettre à tousser.

— Je crois que la cafetière t'a électrocutée quand tu as essayé de la brancher, révéla Diane.

Sa voix tremblante donnait l'impression qu'elle avait pleuré. Je me sentis très mal que ma maladresse l'affecte ainsi.

— Oh, mince. Celle-ci est encore plus stupide que la première. Il me tarde vraiment de vivre avec elle pendant que le reste de la famille trouve à qui me refourguer. Quel dommage. Ils ne reconnaissent pas l'excellence quand ils la voient.

Je gémis et j'essayai de lever la tête pour regarder autour de moi.

— Qui est-ce?

— C'est moi, Angie, dit Mme Fulton en serrant ma main dans la sienne. Tu m'as demandé ce qui est arrivé et je t'ai parlé de la cafetière.

— Non, le type qui vient de dire que nous étions stupides.

J'aurais aimé pouvoir m'asseoir afin de jeter un coup d'œil derrière ce chat irritant, mais il était la seule chose que je voyais. Bien sûr, j'avais beaucoup de questions au sujet de la cafetière et de la façon dont un si petit appareil ancien avait réussi à me faire tomber dans les pommes, mais le besoin d'identifier l'inconnu me pesait davantage.

Un ricanement cruel se fit entendre à côté.

— J'ai dit que tu étais stupide, parce que tu es stupide. La franchise est la meilleure philosophie, la vérité vous libère, et bla et bla et bla, et toutes les autres inepties que vous autres humains aimez dire.

J'aurais presque juré que cette étrange voix chantante venait du chat. Ma tête avait dû prendre un sacré coup en tombant.

Le chat se pencha si près de moi que ses moustaches chatouillaient mon visage. Ses yeux immenses et inquiétants s'agitaient fébrilement comme pour trouver une proie. J'espérais vraiment ne pas être cette proie. J'avais tout juste échappé à la cafetière. Si un être vivant cherchait aussi à me faire du mal aujourd'hui, je n'avais aucune chance de m'en sortir.

— As-tu... as-tu vraiment entendu ce que j'ai dit? demanda la voix qui semblait vraiment venir du chat.

Avait-il mangé un humain? Tout cela me paraissait insensé.

— Oui, je t'entends et je pense que tu es assez méchant, répondis-je avec autant de dédain que possible malgré ma position allongée.

— Angie, à qui parles-tu? demanda Diane d'un ton hésitant, aussi inquiète que je l'étais.

— Je ne sais pas trop qui c'est, mais il n'arrête pas de m'insulter.

Je fermai les yeux de toutes mes forces, puis je les rouvris.

Le chat semblait sourire, mais pas de façon aimable. Une fois de plus, je me demandai s'il me considérait comme une proie facile. Enfin, moi aussi, je me considérais comme une proie facile.

— Personne ne t'insulte, insista M. Fulton. Nous voulons juste nous assurer que tu vas bien.

Le chat sourit encore, de façon plus marquée, cette fois.

— Hé ho, c'est moi ! C'est moi qui t'insulte, espèce de gros sac de peau stupide.

— Il vient de me traiter de gros sac de peau stupide ! Ne l'entendez-vous vraiment pas ?

Je clignai des paupières une demi-douzaine de fois, puis je me pinçai. Rien ne sembla changer.

— Russo, je crois que vous devriez prendre le reste de votre journée et faire un tour aux urgences, ordonna M. Thompson après s'être bruyamment raclé la gorge depuis un endroit près de la porte.

— Waouh, tu m'entends vraiment, répéta la voix. Au fait, salut, je m'appelle Octavius Maxwell Ricardo Edmund Frederick Fulton et j'ai quelques exigences.

J'avais du mal à garder le fil de toutes les conver-sations. Je savais que les associés s'inquiétaient pour moi et pour eux, mais je n'arrivais toujours pas à identifier la voix mystérieuse ni à savoir ce qu'elle voulait.

— Octavius Maxwell… qui ?

— Ma chérie, es-tu en train de parler du chat ? demanda Mme Fulton en soulevant le chat tigré de ma poitrine.

Mes poumons la remercièrent et je me sentis immédiatement plus forte.

D'une voix mièvre de bébé, Diane leva le chat devant son visage et roucoula :

— Essaies-tu d'aider Angie? Tu es si mignon mon poilu tout doux.

Le chat se tourna vers moi et plissa les yeux.

— *Aiiiide-moiiii.*

Animée par mon besoin de savoir ce qu'il se passait, je parvins à m'asseoir et à scruter la pièce.

— Oh, c'est bien. Maintenant que vous pouvez bouger, Peters va vous conduire à l'hôpital, décréta Thompson.

Bethany soupira, mais elle n'émit pas d'objection.

— *Attends!*

Le chat tigré trotta vers moi à la seconde où Diane l'avait reposé sur le sol.

— Et mes exigences?

Je le fixai, stupéfaite. Il était impossible que...

Le chat agita la queue et poussa un grognement du fond de la gorge.

— Je sais que tu peux m'entendre, alors tu ferais mieux d'être polie et de me répondre, hein?

— Qu'est-ce que tu veux? chuchotai-je, mais tout le monde au bureau pouvait voir et entendre la folle qui parlait au chat qu'elle venait de rencontrer.

— Ma propriétaire a été assassinée et j'ai besoin de toi pour m'aider à le prouver. De plus, et c'est aussi important, je n'ai pas été nourri depuis des heures. Peut-être des années.

Il fit retomber les oreilles en arrière et écarquilla les yeux, ce qui m'attendrit inexplicablement malgré sa mauvaise attitude.

Puis la première partie de ce qu'il m'avait dit me frappa et je soufflai :

— *Assassinée ?*

Bethany gloussa nerveusement et m'attrapa par le bras.

— Très bien, nous allons te conduire à l'hôpital. Les hallucinations, ce n'est pas bon signe.

— Mais… commençai-je à répondre.

Mon argument s'évapora quand je compris que je n'avais aucune raison valable de résister.

— *Assassinée !* cria le chat derrière moi d'un ton théâtral. Elle a été trucidée et maintenant que je sais que tu m'entends, tu vas m'aider à lui rendre justice. C'est le moins que je puisse faire pour la remercier de toutes les années qu'elle a passées à me nourrir et à disposer mes coussins exactement comme je les aime. Et puis, as-tu entendu ce que j'ai dit sur mon besoin d'être nourri ?

Bethany et moi étions presque arrivées à la porte. C'était donc ma dernière chance de parler au chat. Je n'allais peut-être plus jamais le revoir. Bien sûr, je savais qu'il était totalement fou de supposer que tout cela était réel. Je ne pouvais cependant pas ignorer le fait que ce chat tigré doué de parole avait besoin de mon aide.

— Je veux aider ! criai-je dans la salle juste avant que la porte se referme derrière nous.

— Non, *tu* as besoin d'aide, grogna Bethany qui ressemblait bien plus à un animal que le chat. Merci beaucoup, d'ailleurs. C'était la première fois qu'ils me faisaient participer à quelque chose d'aussi important pour le cabinet. Maintenant, grâce à ton petit spectacle à la cafetière, je vais le rater.

Ce fut presque aussi douloureux que l'électrocution de la cafetière.

— Tu ne penses pas vraiment que je me suis électrocutée juste pour te saboter, n'est-ce pas ?

Elle soupira et se pinça l'arête du nez.

— Non, je suis désolée. Je sais que ce n'est pas de ta faute. C'est juste que je dois travailler deux fois plus dur pour avancer, car je suis la seule femme avocate ici et tout le monde veut me mettre sur la voie de garage au lieu de celle des futurs associés.

— Oui, enfin… au moins tu n'es pas une espèce de simple secrétaire.

Je n'arrivais vraiment pas à croire que Bethany se plaignait de ses propres problèmes alors que je venais de vivre une expérience de mort imminente quelques minutes auparavant...

Ou peut-être que si. C'était Bethany, après tout.

Elle m'installa sur le siège passager de sa voiture. C'était une Lexus récente, signe qu'elle ne s'en sortait pas aussi mal qu'elle le croyait. Malgré tout, je me sentais coupable de lui coûter ce qu'elle considérait être la chance de sa vie, alors je lui dis :

— Pour ce que ça vaut, tu es la plus intelligente.

Elle rit en attachant sa ceinture et en ajustant le rétroviseur.

— Encore plus que Thompson et Fulton ?

Je hochai la tête et le mouvement me donna le tournis.

— Particulièrement plus que Thompson et Fulton.

Nous échangeâmes un bref regard de camaraderie avant qu'elle sorte de la place de parking et s'insère sur la route principale. Avec un peu de chance, il n'y aurait pas d'autres trains aujourd'hui, car malgré notre bref lien de solidarité féminine, je ne savais pas combien de temps nous pouvions supporter d'être piégées ensemble dans une voiture.

— Merci de me conduire, même si je sais que tu ne le voulais pas. Tu n'es pas obligée de m'attendre. Il te suffit de me déposer et j'appellerai ma grand-mère pour qu'elle vienne me chercher quand j'ai terminé.

— J'avais déjà prévu ça. Si je me dépêche, je pourrais quand même écouter une partie de la lecture.

Elle se tapota une nouvelle fois la tempe pour me montrer ses capacités de réflexion.

Et d'un seul coup, nous étions revenues à la normale.

Quant à moi? Je n'en étais pas sûre.

CHAPITRE 3

J'étais assise en laissant mes jambes se balancer par-dessus le bord d'un lit d'hôpital pendant que le médecin des urgences se moquait de moi.

— Vous avez vraiment été électrocutée par une vieille cafetière ?

Quel que soit l'accueil que je m'attendais à recevoir à l'hôpital, ce n'était pas celui-ci.

Je croisai les bras et je me détournai afin de ne pas avoir à regarder son air amusé.

— Oui, je ne vois pas ce qu'il y a de drôle.

Il redevint enfin sérieux en agitant son stylo entre les doigts comme une sorte de tic étrange. En m'examinant avec un léger froncement de sourcils, il demanda :

— Et cela vous a fait perdre connaissance ?

— *Oui.*

Nous en avions déjà parlé.

— Vous êtes-vous cogné la tête en tombant ?

— Je ne crois pas.

Il y avait encore une grande partie de mon accident que je n'arrivais pas à comprendre, mais au moins, je me sentais bien physiquement.

Le médecin remit son stylo dans sa poche et me regarda au fond des yeux avant de déclarer :

— Eh bien, vous avez l'air en bonne santé. Le mieux que je puisse vous prescrire, c'est une dose de paracétamol au cas où vous auriez mal à cause de votre chute.

Il hésita un instant, puis il secoua la tête avec un sourire en coin.

— C'est étrange, cependant… la tension de cette cafetière aurait seulement dû vous faire un petit choc. Je suis surpris que vous ayez eu une réaction aussi forte.

Et voilà, nous en revenions à ça. Il fallait que je sorte de là avant qu'il appelle tous ses collègues pour venir voir la bête curieuse dans la salle des urgences.

— Waouh, merci, maugréai-je.

Il plissa les yeux.

— Oui, *merci* est la bonne réaction. Vous devriez

être reconnaissante de ne pas avoir de brûlures. Ni de commotion cérébrale. Mais vous avez réussi à obtenir un jour de congé, n'est-ce pas?

Le médecin eut l'audace de me faire un clin d'œil avant de glousser et de se retourner pour partir.

— Je ne me suis pas infligé ça exprès! lui criai-je en essayant de ne pas laisser ma frustration prendre le dessus.

Quel crétin.

Quand je fus certaine qu'il n'allait pas revenir, j'envoyai un rapide message à Mamie et je rassemblai mes affaires pour l'attendre à l'extérieur. Pendant tout ce temps, je ne vis pas une seule personne entrer ou sortir par les portes tournantes. Même si Blueberry Bay n'était pas la zone la plus densément peuplée, je m'attendais à voir un peu d'activité dans l'hôpital. D'un autre côté, c'était peut-être une bonne chose que cette espèce de clown médecin n'ait pas à s'occuper de véritables malades.

Je fis des allers-retours sur le trottoir en essayant de me souvenir de chaque détail de la matinée. Même si le médecin n'avait pas été très aimable, il avait raison sur un point. J'avais failli mourir à cause d'une vieille cafetière et quand je m'étais réveillée, je savais parler aux animaux.

Quand j'étais petite, j'adorais regarder Eddie

Murphy interpréter le docteur Dolittle malchanceux qui aidait ses patients animaux grâce à sa capacité à parler leur langue. À l'époque, je m'étais dit que ce devait être merveilleux de comprendre et d'avoir des conversations avec les animaux.

Mais maintenant que c'était réel?

J'étais morte de peur.

Une forte rafale souleva un tourbillon de feuilles, attirant mon attention vers le parking où un couple de mouettes se battait bec et ongles pour un emballage de hamburger qui semblait avoir un peu de fromage collé au milieu.

L'une d'elles écarta les ailes et poussa un cri. L'autre siffla et picora la patte de son adversaire. Leur combat s'envenima et elles se mirent à danser autour du papier en criant et en se donnant des coups de bec. Elles commençaient à me donner un sacré mal de tête.

— Oh, ne pouvez-vous pas vous taire? criai-je.

Si les oiseaux me comprenaient, ils étaient clairement trop occupés par leur bataille improvisée pour s'en soucier.

Une seconde... étaient-ils capables de m'entendre? Pouvaient-ils me parler comme l'avait fait le chat au travail?

Je m'avançai vers eux sur la pointe des pieds, ravie d'être seule dans le parking déserté, parce que je savais que j'avais l'air d'une folle. Malgré tout, un peu de folie était un petit prix à payer pour comprendre enfin ce qu'il se passait.

Je m'éclaircis la gorge et je m'adressai aux oiseaux.

— Excusez-moi.

Une des mouettes cria et donna un coup de bec à l'autre, mais elles ne m'accordèrent aucun crédit.

— Excusez-moi, dis-je un peu plus fort, en faisant quelques pas en avant.

Un des oiseaux se retourna pour me regarder et l'autre en profita pour attraper l'emballage et partir en sautillant. La première la pourchassa et elles furent bientôt prises dans une lutte acharnée, l'emballage en papier se tordant et se froissant entre elles.

Je les poursuivis moi aussi et je hurlai de toutes mes forces :

— *Excusez-moi !*

Enfin, elles m'accordèrent toutes deux leur attention, même si elles ne lâchèrent pas leur trophée convoité.

Comme je savais au moins qu'elles m'écoutaient, je leur fis une offre qu'elles n'allaient pas pouvoir refuser. Avec un grand sourire, je leur expliquai :

— J'ai des tonnes de bonne nourriture. Des burgers, des frites, des cônes de crème glacée... tout est à vous si vous répondez à une seule question : *me comprenez-vous ?*

Une des mouettes inclina la tête comme pour réfléchir. Pendant qu'elle était distraite, l'autre lui arracha le papier du bec et s'envola dans le ciel.

— Pardon pour ça, dis-je à l'oiseau restant. Je peux te trouver plus de nourriture, et meilleure, de la nourriture qui ne vient pas des ordures. Qu'en dis-tu ?

Avant que la mouette puisse répondre, un coupé sport rouge rubis s'arrêta à côté de moi, l'effrayant une fois pour toutes.

Mamie baissa la vitre de son nouveau jouet préféré et siffla.

— Monte, ma chérie !

— Merci d'être venue me chercher.

Je me glissai sur le siège en cuir et je mis ma ceinture.

Mamie laissa tourner le moteur au ralenti pendant qu'elle baissait ses lunettes de soleil papillon afin de m'examiner sans dire un mot. Ses cheveux bleu-gris étaient couverts d'un foulard en soie aux couleurs vives et elle portait des gants de conduite qui avaient exactement la même teinte de rouge que l'extérieur de la voiture. Je devais admettre que Mamie avait du style. Même après s'être éloignée des feux des projecteurs de Broadway, elle n'avait jamais arrêté d'en mettre plein la vue.

Je haussai les épaules.

— Quoi ? Je vais bien.

Des rides supplémentaires apparurent sur son front.

— Tu n'as pas dit grand-chose dans ton message. Qu'est-il arrivé ?

— Juste un léger choc électrique. Encore une fois, je vais bien.

Elle leva un sourcil.

— Alors pourquoi l'hôpital ?

Je haussai encore les épaules.

— Tu sais comment sont les avocats. Ils ne veulent pas prendre de risque quand il s'agit de leur responsabilité.

Elle secoua la tête, puis elle appuya sur l'accélérateur avec tant de force que nous fûmes projetées en arrière.

— Bon, où va-t-on ?

Il me fallait trouver ce chat puisqu'il semblait être le seul à connaître les réponses dont j'avais besoin. Avec un peu de chance, tout n'était qu'un très mauvais rêve. Quoi qu'il en soit, j'avais besoin de le savoir... mais pas Mamie. En tout cas, pas tant que j'ignorais comment expliquer ce qui m'arrivait.

— On retourne au bureau, s'il te plaît, répondis-je en tripotant nerveusement ma ceinture de sécurité.

Mamie laissa échapper un petit soupir outré.

— Allons, tu ne vas même pas prendre ta journée ? Tu as déjà été excusée, alors faisons l'école buissonnière. Nous pourrions aller à la plage. Ou au théâtre. Qu'en dis-tu, ma chérie ?

Ah, l'école buissonnière. Cela avait toujours été l'activité préférée de Mamie. Quelques-uns de mes souvenirs d'enfance les plus marquants avaient commencé quand elle me faisait évader de l'école en deuxième heure pour aller vivre une aventure loufoque et mal conçue. En grandissant, les cours séchés s'étaient espacés. En fait, nous n'avions pas réussi à partir une seule fois depuis que j'avais emménagé dans ma propre maison.

Ne vous y trompez pas, ma grand-mère me manquait beaucoup. Cependant...

Je détestais la décevoir, mais je n'avais pas d'autre choix.

— Ça m'a l'air très bien, mais il faut que j'aille chercher ma voiture au bureau, sinon ce sera très compliqué demain. Je pourrais te voir pour le dîner à la place ?

Je lui fis mon plus grand sourire.

Mamie poussa un grognement et tourna brusquement à droite.

— Ce nouveau travail t'a changée.

Oh, elle ne savait pas à quel point.

Malgré les objections de Mamie, elle me ramena au travail en un seul morceau. Il s'était écoulé à peine plus d'une heure depuis mon départ et une grande partie de la foule était encore là, à discuter des rebondissements dans le testament d'Ethel Fulton. L'un d'entre eux pouvait-il être un meurtrier?

Mon nouvel ami chat était le seul à détenir toutes les réponses, raison pour laquelle je devais absolument le trouver sans autre délai ni interruption.

J'aperçus Bethany qui bavardait avec les autres avocats et je me dirigeai vers elle pour me renseigner sur ce que j'avais raté.

— Vous arrivez à croire qu'elle ait laissé autant d'argent à ce chat? Qu'est-ce que le chat va faire avec tout ça? grommela un homme que je ne reconnaissais pas en buvant une longue gorgée de son café dans un gobelet en carton.

La femme à côté de lui hocha la tête.

— C'est une véritable claque.

Qui sont ces deux-là? Peuvent-ils être les meur-triers? me demandai-je en essayant de ne pas les fixer tout en cherchant à retenir leurs visages.

Diane sortit de nulle part et me fit un énorme câlin collant.

— Oh, Dieu merci, tu vas bien. Nous avons tous été si inquiets!

— Oui, il faudra plus qu'une cafetière fâchée pour m'abattre. Je suis solide.

Je me frappai la clavicule pour montrer ma résistance.

J'avais beau apprécier les discussions avec Diane, j'étais revenue pour une raison et une seule : localiser le chat. Je devais trouver un moyen de poser des questions sur lui sans éveiller les soupçons.

— Alors, tout s'est bien passé? commençai-je en espérant qu'elle morde à l'hameçon.

Madame Fulton baissa la voix pour chuchoter et je me penchai plus près.

— Oui, mais certains des membres de la famille

sont contrariés par leur part. Tu sais comment se passent ces choses-là.

— Au moins, elle n'a pas tout légué au chat.

J'essayai de parler d'un air innocent, car j'avais déjà entendu que la chère défunte avait fait exactement cela.

— Eh bien, pas tout, mais une assez grande part. C'est pour ça qu'il était ici, tu sais. Elle a demandé à ce que tous les bénéficiaires soient présents et comme le chat était l'un des plus importants, eh bien, voilà.

Je fis semblant d'être choquée… pas par l'électricité cette fois, mais par la véritable surprise de cette nouvelle.

— Tu plaisantes !

Diane secoua la tête et fit la grimace.

— On n'ira pas dire que tante Fulton n'aimait pas ce chat.

— Alors, que va-t-il lui arriver maintenant qu'elle n'est plus là ?

M. Fulton nous remarqua et traversa le bureau pour se joindre à notre conversation.

— Déjà de retour, Angie ? Ne veux-tu pas au moins prendre le reste de la journée ?

Crotte. J'avais été si près de recevoir la réponse dont j'avais besoin de la part de sa femme. Maintenant il me fallait trouver un moyen pour rediriger la discussion vers le chat sans que ce soit trop maladroit. M. Fulton était un type intelligent qui battait souvent les meilleurs avocats de la région au tribunal. Pensais-je vraiment pouvoir être plus habile que lui?

Il fallait que j'essaie.

Je déglutis et j'affichai le fameux sourire qui m'avait fait obtenir ce travail.

— Je vais bien. Je vais sans doute partir tôt, mais je voulais d'abord passer pour récupérer ma voiture et vous faire savoir que je vais bien.

— Parfait. À demain, alors. Fais un peu la grasse matinée si tu penses que ça peut t'aider.

M. Fulton me tapota sur l'épaule et jeta un regard appuyé vers la porte.

Je savais qu'il voulait simplement veiller sur moi, mais je ne pouvais pas partir sans parler d'abord au chat, particulièrement s'il y avait un assassin dans les parages. Avec un peu de chance, M. Fulton me remercierait plus tard pour mon entêtement dans cette affaire.

Je restai fermement à ma place en me tordant les mains.

— À vrai dire, je me demandais si le chat était encore là. Il semblait assez angoissé et je voulais lui dire que je vais bien.

Mari et femme échangèrent un regard inquiet.

— Tout va bien, ma chère. Nous lui dirons pour toi, m'informa gentiment Diane.

Je détestais mentir, mais nécessité fait loi…

— Il ne va peut-être pas bien, les avertis-je avant de sauter à pieds joints dans mon mensonge. J'ai fait un cours sur la psychologie animale au centre universitaire de Blueberry Bay et ça l'aiderait de voir par lui-même que je vais bien. Sinon, euh, des problèmes de comportement risquent d'émerger à cause de l'anxiété sublimée.

Madame Fulton me fixa avec une horreur perplexe.

— Oh non, nous ne voudrions surtout pas ça !

M. Fulton gloussa.

— Tu l'as dit, ma chérie. Surtout qu'il reste chez nous jusqu'à nouvel ordre. Nous ne voudrions pas que le vieux Octavius défoule son anxiété sublimée sur nos nouveaux rideaux.

Et voilà. Une autre opportunité en or. Opportunité que je ne pouvais pas laisser filer.

— Vous savez… il est sans doute déjà assez anxieux. Probablement déprimé également, parce que sa propriétaire est décédée et toute sa vie a été déracinée.

Diane fronça les sourcils.

— Je n'avais pas envisagé les choses de cette façon. Les chats peuvent-ils souffrir de dépression ?

Je l'avais presque.

En hochant vigoureusement la tête, j'enfonçai l'hameçon un plus loin.

— Certainement, et comme on ne peut pas vraiment leur donner des antidépresseurs, ils ont besoin de quelqu'un qui sait comment reconnaître les signes et les traiter naturellement.

— Que suggères-tu ? demanda M. Fulton.

Malheureusement, son visage ne trahissait aucune émotion.

En haussant les épaules, j'essayai de feindre l'indifférence pour vendre mon idée.

— Je sais que je ne suis qu'une assistante juridique, mais j'ai suivi ce cours et j'ai toujours été douée avec les animaux, particulièrement les chats. Comme vous avez déjà tant de choses à faire avec la famille et l'héritage, je devrais peut-être le garder pour vous pendant quelques jours. Je pourrais vous soulager et l'aider à surmonter sa dépression, si vous le souhaitez.

Ils échangèrent un regard que je ne pus pas vraiment déchiffrer. Je supposai que c'était un don que l'on avait quand on était marié depuis plus de trente ans.

Diane répondit enfin pour tous les deux.

— Cela nous aiderait beaucoup, mais es-tu certaine de vouloir le faire ?

Avec un immense sourire apaisant, je répondis :

— Ce serait un plaisir.

Oui, un plaisir... et avec un peu de chance, *pas* mon enterrement.

CHAPITRE 4

Avec la bénédiction des Fulton, j'entrai dans le bureau de l'associé principal et j'aperçus immédiatement le chat. Il était assis au milieu du fauteuil en cuir comme une espèce de méchant des films de James Bond. Je m'attendais presque à ce qu'il sorte un chat plus petit et plus poilu pour le caresser de façon intimidante pendant qu'il me parlait.

— Tu as mis assez longtemps, maugréa-t-il en se léchant obsessionnellement la patte.

Malgré tout ce que j'avais traversé pour revenir vers lui, il ne prit même pas la peine de me regarder. Je connaissais ce chat depuis cinq minutes à peine et je savais déjà que c'était un enfoiré.

Si j'avais seulement eu à résoudre le problème de

parler aux animaux ce jour-là, je serais sans doute partie. Mais non, quelqu'un avait été assassiné... et une gentille vieille dame, en plus.

— Je suis venue aussi vite que je pouvais, sifflais-je en me demandant s'il appréciait que je fasse comme lui. Ce n'est pas comme si tu avais un autre endroit où aller.

Il ricana et fit référence à un emploi du temps très rempli et des routines importantes. Je ne saisis pas tout, car il parlait incroyablement vite.

Quoiqu'il en soit, je discutais avec un chat d'une façon que nous comprenions, pour l'essentiel. Si j'étais folle, j'étais au moins cohérente. Maintenant que j'avais trouvé et confirmé ma capacité à parler à ce chat, il était temps que j'apprenne son nom terriblement long.

— Comment t'appelles-tu, déjà?

Il leva ses yeux ambrés au ciel avant de se hisser sur ses pattes.

— N'as-tu pas écouté? Je suis Octavius Maxwell Ricardo Edmund Frederick Fulton.

Pas étonnant qu'il parle si vite. C'était le seul moyen pour lui de cracher tout son nom sans risquer que l'autre personne s'endorme au milieu. Je testai ce nom étrange en espérant qu'il soit un peu plus aimable si je l'énonçais correctement.

— Octavius Maxwell Richard…

— *Ricardo Edmund Frederick Fulton,* rectifia-t-il. Franchement, ce n'est pas si difficile.

Il saute de la chaise et marcha vers moi, ses yeux de serpent montrant son irritation. Apparemment, c'était maintenant de ma faute qu'il porte un nom aussi ridiculement long. Eh bien, je refusais d'être intimidée par une créature qui ne faisait même pas un dixième de mon poids.

— Je m'appelle Angie. Merci d'avoir posé la question, d'ailleurs.

Il s'arrêta de marcher et plissa la peau au-dessus de son nez.

— Eh bien, c'est un nom ennuyeux. Il ne sonne pas bien du tout.

— Pardon de te décevoir, sifflai-je en me demandant si je parlais chat ou s'il parlait humain.

Pour la première fois, la voix du chat tigré devint plus aimable. Il soupira et concéda :

— Enfin, nous ne pouvons pas tous être Octavius Maxwell Ricardo Edmund Frederick Fulton le Premier.

— Une seconde, viens-tu d'ajouter quelque chose à ton nom pour le rallonger ? Non, ça n'ira pas. Même si je pouvais me souvenir de ta liste de quoi, huit noms? Je ne vais pas les dire tous chaque fois que je veux ton attention.

— Bref.

Il écarquilla les yeux vers moi et bâilla. Quel chat mal élevé. En le remettant à sa place, j'espérais qu'il commence à me traiter comme une égale au lieu d'une servante incompétente.

— Comme tu es d'accord, je vais réduire ton nom à... à... *euh...*

— Je suis content de voir que ton esprit est tout aussi affûté que ton nom.

Il laissa échapper un miaulement amusé que je décidai d'ignorer.

— La ferme, Octavius... Octogone... Octopuce... Octo-Chat! C'est ça. À partir de maintenant, je t'appellerai Octo-Chat.

Je me sentis très fière d'avoir trouvé ce surnom mignon qui lui allait comme un gant. Même sa mauvaise attitude ne pouvait plus me faire déprimer, désormais.

— Octo... Chat.

Il eut un rictus dédaigneux et donna des coups de patte dans l'air entre nous.

— Je ne crois pas.

— Eh bien, ton prénom est Octavius et tu as environ huit noms au total, alors...

Il tapota le sol avec ses pattes et tourna en rond.

— Non, mon prénom est Octavius Maxwell Ric…

— *Assez!* Veux-tu que je revienne à Octopuce? Parce que c'est possible.

Il commença à dire quelque chose, mais le bruit d'une porte qui s'ouvrait nous coupa au milieu de la conversation.

La tête de Diane apparut avant le reste.

— Tout va bien ici? J'ai cru entendre des voix.

Je me redressai et j'essuyai mon pantalon en faisant un sourire mielleux à mon ami pour lui promettre que je n'étais pas folle.

— Très bien. J'étais juste en train de me présenter et de lui faire savoir qu'il viendra vivre avec moi pendant quelques jours.

Elle jeta un coup d'œil vers Octo-Chat, qui choisit exactement ce moment-là pour se laisser tomber sur son derrière et se mettre à lécher ses parties intimes félines.

— Tu parles au chat? demanda-t-elle, mais ça ne ressemblait pas vraiment à une question.

Je la regardai dans les yeux pour lui montrer que je n'étais pas gênée, alors que je l'étais totalement.

— Bien sûr. Créer un lien émotionnel les aide, et ce sera important même pour le peu de temps que nous vivrons ensemble.

Elle me regarda, puis le chat, puis moi à nouveau, avant de hausser les épaules.

— D'accord, eh bien, je viens d'aller récupérer ses affaires à la voiture. Es-tu certaine que ça ne te gêne pas de t'en occuper à notre place pendant quelques jours ?

Elle s'arrêta et fronça les sourcils avant de confier :

— J'ai peur qu'il ne soit pas un animal très agréable.

— Tout à fait certaine. Merci d'avoir récupéré ses affaires. Je ferais mieux d'y aller avec lui pour un peu de repos. Quelle journée, hein ?

Je ris nerveusement, puis je passai devant elle pour sortir de la pièce.

— Ici, minou. Allez viens, mon minou.

Je fis claquer la langue et je tapai le côté de ma cuisse pour l'appeler.

Octo-Chat trottina sagement derrière moi en marmonnant à travers ses dents serrées :

— Si tu m'appelles encore une fois « minou », je vais vomir dans tes pantoufles pendant ton sommeil.

— Très bien, au revoir ! criai-je à Diane en attrapant vite toutes les affaires du chat empilées près de l'entrée principale du cabinet.

Une fois assis en sécurité dans ma voiture, Octo-

Chat explosa en une litanie de ce que je supposais être des jurons spécifiques aux félins.

— Arrête ça, le grondai-je. Ta mère ne t'a pas appris les bonnes manières?

Il s'arrêta et me dévisagea avec une telle dérision que j'eus un mouvement de recul.

— Et maintenant tu insultes ma mère? Je te ferai savoir qu'elle a fait du mieux qu'elle pouvait avec sept chatons à nourrir et seulement six tétines.

Je frissonnai en engageant la marche arrière.

— Eh bien, merci pour cette image.

Octo-Chat laissa échapper un cri terrible et sauta sur mes genoux, les ongles sortis.

— Oh, par mes moustaches! Nous allons mourir! Je suis trop jeune pour mourir. Trop beau. Et bien trop important.

— Ooh, tu as peur? roucoulai-je en l'aimant presque à ce moment-là, malgré ses ongles enfoncés dans ma cuisse. C'est tellement mignon.

— Je ne suis pas mignon, grogna-t-il. Conduis-moi tout de suite en sécurité, puis nous discuterons de ta punition.

J'éclatai de rire et j'allumai la radio, inondant la voiture avec le dernier hit du top quarante. Cela couvrit une partie des plaintes d'Octo-Chat sur ma façon de conduire.

Malgré son cinéma inutile, on finit par rentrer chez moi assez vite, mais j'avais désormais un nouveau problème. J'adorais ma petite maison à deux chambres avec sa grande terrasse couverte et le gros chêne à l'avant.

Mon nouveau colocataire, en revanche…

— Où m'as-tu emmené ? demanda-t-il, ne voulant pas quitter la voiture malgré mes suppliques.

— Ceci est ma maison et tu y vivras pendant quelques jours, expliquai-je, même si ma patience s'était considérablement réduite.

Il leva son nez rose avec dédain.

— Non, absolument pas ! Ceci est à peine un taudis. Ça ne correspond pas au standing dont j'ai l'habitude.

J'avais envie de retourner à toute vitesse au bureau et de le rendre aux Fulton. À la place, je fis une révérence sarcastique et je grommelai :

— Eh bien, dommage, votre altesse. Ceci est tout ce que je peux me permettre. De plus, tu n'es qu'un chat tigré ordinaire avec une mauvaise attitude et des attentes ridicules dans la vie.

Il siffla et essaya de me griffer. Heureusement, je parvins à retirer mon bras juste avant qu'il m'entaille la peau.

— Juste un chat tigré ! cria-t-il en m'offrant une

autre diatribe de jurons félins. Comment oses-tu? Je te signale que je suis partiellement Maine coon du côté de ma grand-mère.

Il commençait vraiment à me fatiguer. Pourquoi est-ce que chaque petite chose devait être une bataille?

Je m'accroupis pour le regarder dans les yeux, même si c'était risqué étant donné son caractère et ses griffes acérées.

— Écoute, veux-tu que je t'aide à résoudre ce meurtre ou pas? Parce que de mon point de vue, je suis littéralement la seule personne du monde entier à pouvoir t'aider en ce moment. Et si tu veux que je le fasse, tu vas devoir être beaucoup plus gentil.

On se fixa dans les yeux, mais je refusai d'être la première à détourner le regard. J'avais l'habitude de gérer des avocats mégalomanes. Je pouvais supporter ce petit chat irascible.

Finalement, Octo-Chat s'étira, bâilla, sauta de la voiture et trotta jusqu'à ma porte d'entrée.

— Tu me laisses entrer, ou quoi? miaula-t-il depuis ma terrasse en agitant la queue d'un air énervé.

Bon, c'était un tout petit peu mieux.

CHAPITRE 5

Une fois dedans, Octo-Chat partit tout droit vers mon fauteuil très rembourré préféré. Malgré ses protestations précédentes, il s'installa vite et se mit à l'aise. D'après l'état de mon pantalon, je savais déjà qu'Octo-Chat perdait beaucoup de poils. Mon pauvre fauteuil de couleur crème n'avait aucune chance contre son pelage noir et marron.

Malgré tout, c'était un invité et Mamie avait travaillé dur à m'apprendre les bonnes manières.

— Puis-je t'offrir quelque chose à boire ? demandai-je en hésitant près de la cuisine.

Il leva la tête et poussa un ronronnement satisfait qui me surprit autant que s'il venait de se faire pousser une deuxième queue.

— As-tu de l'Évian ? demanda-t-il poliment, en croisant les pattes devant lui.

— J'ai de l'eau du robinet et...

Je jetai un coup d'œil dans le frigo et je fronçai les sourcils en voyant le peu de choses adaptées aux chats.

— Il y a aussi du Coca light et du jus de pomme.

Les ronronnements cessèrent brutalement et Octo-Chat décroisa et recroisa les pattes avant.

— Sans façon, merci, mais il faudra aller au magasin et rassembler le nécessaire pour mon séjour ici. Je ne bois que de l'Évian et je ne mange que du Gourmet. Et pas n'importe quelle saveur, surtout. Ce doit être à base de poisson et dans la petite boîte en métal, pas le récipient en plastique. Je sens la différence au goût.

Je ne pus m'empêcher de rire à cause de l'audace de sa demande.

— C'est tout ?

— Non, mais il faut bien commencer quelque part.

Il me jeta un regard noir en refusant de voir l'humour de la situation.

Comme nous n'arrivions à rien, je quittai la cuisine et je retournai au salon avec une canette de Coca light pour moi. Je m'installai sur le canapé avec un énorme soupir. Si Octo-Chat insistait sur le côté mélodramatique, alors moi aussi.

Son regard ambré et inquisiteur me transperça, refusant de détourner la tête, et cette foutue queue se remit à s'agiter vivement. J'étais étonnée qu'il n'ait pas appris les bonnes manières, étant donné les circonstances dans lesquelles il avait vécu jusqu'à deux jours auparavant.

Je m'éclaircis la gorge, mais il continua à me fixer sans honte. Attendait-il que…? *Oh non.*

— Je n'ai pas besoin d'aller au magasin maintenant, aboyai-je en rectifiant ma posture et en lui jetant mon propre au regard assassin. Si?

Il haussa les épaules comme s'il n'y avait pas vraiment pensé, alors que nous savions tous les deux que c'était faux.

— Eh bien, ce serait agréable.

— Ce matin tu ne parlais de rien d'autre que du meurtre d'Ethel Fulton. Maintenant, il est plus important pour toi d'avoir une certaine marque d'eau minérale plutôt que de parler des détails et de commencer à travailler sur l'affaire?

Il réfléchit un instant.

— Je n'aurais jamais cru dire ça, mais apporte l'eau du robinet.

— Vraiment?

Même s'il avait donné la réponse que je voulais, je m'attendais à ce qu'il change d'avis au bout de quelques secondes… ou qu'il me dise qu'il plaisantait bien sûr, et que j'étais stupide de ne pas l'avoir compris.

— Parfois, nous devons faire des sacrifices pour les gens que l'on aime. Celui-ci est pour Ethel.

Il hocha la tête avec sérieux alors que nous discutions de l'un des sujets les plus triviaux qui soient.

— Oh, quelle patience à toute épreuve.

Il écarquilla les yeux, apparemment choqué.

— J'espère ne pas subir toutes les épreuves. Une fois que je te raconterai ce que je sais, l'affaire devrait vite être classée.

— Parfait, dis-je en partant à la cuisine.

Je fis couler l'eau quelques secondes afin que la température soit parfaite pour ma nouvelle connaissance pourrie gâtée.

— Dis-moi ce que tu sais.

Octo-Chat attendit que je sois revenue et que je dépose le bol d'eau sur la table basse devant lui. Il s'approcha et le renifla en hésitant.

— Ce n'est pas de la porcelaine Lenox ou du cristal. Pas même de l'inox.

Il étira le cou sur le côté, transformant son corps

en une étrange torsade arrogante de pelage et de pattes.

— Qu'est-ce que c'est? Et puis-je boire là-dedans en toute sécurité?

— C'est un bol normal acheté au bazar et il est très bien. Je mange dedans tout le temps.

Je poussai le bol vers lui avec emphase et Octo-Chat bondit en arrière, craintif.

— Ce n'est pas vraiment une garantie rassurante.

Il me dévisagea de la tête aux pieds et haussa ses petites épaules de chat avant de se tourner et de sauter sur mon fauteuil.

— Soudain, je n'ai plus tellement soif, déclara-t-il en bâillant.

Au lieu de réagir à cette arrogance, j'ouvris ma canette et je bus une longue gorgée. Les bulles ne firent pas grand-chose pour calmer mes nerfs.

— Allons-nous enfin parler de ça? dit Octo-Chat en agitant impatiemment la queue.

Malgré les nombreux délais qui étaient de sa faute, mon unique gorgée était maintenant à blâmer pour le retard que nous avions pris dans notre travail de détectives amateurs.

Je n'aimais pas me laisser marcher sur les pieds, mais c'était simplement plus facile de jouer le jeu que de continuer à argumenter chaque petit détail. Plus vite le meurtrier était identifié et traduit en justice, plus vite je pouvais revenir à ma vie normale et sans chat.

J'inspirai profondément pour me calmer et je demandai :

— Qu'est-ce qui te fait croire qu'Ethel Fulton a été assassinée ?

— Je ne *crois* pas qu'elle a été assassinée. Je le *sais*. J'ai tout vu de mes propres yeux.

Il écarquilla son regard ambré de façon démonstrative. Ceci n'allait peut-être pas être très difficile, finalement.

— Oh, très bien. Alors, qui l'a fait ?

Je me penchai en avant, prête pour la grande révélation.

— Je ne sais pas.

Respire.

— Mais tu as dit avoir tout vu.

— C'est le cas.

— Alors, comment peux-tu ne pas savoir qui est le coupable ?

— C'était un humain, c'est sûr, dit-il avec un air confiant étalé entre ses moustaches.

— Vraiment ? C'est tout ce que tu as ?

Le canapé grogna de protestation quand je me jetai contre le dossier et que je levai les bras au ciel pour ne pas étrangler Octo-Chat.

— Était-ce un homme ou une femme ? Quelqu'un de vieux ou de jeune ? Un inconnu ou une de ses connaissances ?

Il bâilla.

— Tu t'attends vraiment à ce que je me souvienne de ça ?

— Tu es sérieux ?

Et maintenant, je criais contre un chat.

— Quoi ? Ce n'est pas de ma faute si tous les humains se ressemblent.

Souffle, fais la respiration du yoga pour te calmer.

— Tu as donc vu un humain la tuer, mais tu ne sais pas qui.

— Oui, c'est ce que j'ai dit. Ne m'écoutes-tu pas ?

Je parlai alors très lentement, même si c'était lui qui supposait que j'étais une idiote :

— Sais-tu comment l'humain l'a tuée ? D'après ce que j'ai compris, elle est morte de cause naturelle.

— Non, elle n'était pas encore prête à mourir. Quelqu'un est intervenu, c'est certain.

J'attendis qu'il en dise plus, mais au lieu de ça, il commença à se laver.

— Allô ? Nous sommes au milieu d'une conversation importante, là. Veux-tu arrêter de te lécher pendant cinq minutes pour que nous trouvions la solution ?

Octo-Chat poussa un petit soupir outré, mais il obéit.

— Les sacrifices que je dois faire ! J'espère qu'Ethel me regarde d'en haut afin que mes bonnes actions ne passent pas inaperçues.

— Je suis certaine qu'elle est au paradis et qu'elle nous regarde en pensant : « waouh, j'avais un chat fabuleux. » Maintenant, peux-tu me raconter toute l'histoire du début à la fin ? *Au sujet du meurtre*, précisai-je vite, ne souhaitant pas entendre parler à nouveau des six tétines de sa mère.

Il hocha la tête et il s'assit sur son arrière-train. Ce qui suivit fut un récit dramatique qui aurait mérité un Oscar si quelqu'un d'autre que moi l'avait compris.

— Laisse-moi peindre la scène pour toi.

Il leva une patte et fit un mouvement circulaire.

— C'était il y a deux nuits. La soirée était douce. La lumière avait commencé à disparaître du ciel. Ethel avait invité plusieurs autres humains à manger de la nourriture à sa table. Elle avait tout cuisiné elle-même. Je m'en souviens, parce qu'elle a fait du saumon et elle m'en a aussi donné une petite assiette. Je suis ravi de dire que le poisson était parfaitement préparé, tendre, mais pas sec, et la portion était aussi absolument parfaite. Ethel savait toujours exactement ce dont j'avais besoin.

— Concentre-toi, s'il te plaît, dis-je en serrant les dents. Reviens-en au meurtre, si ça ne t'ennuie pas.

Il eut un rictus de mépris, mais il ne me contredit pas.

— Tout le monde a beaucoup mangé, puis ils sont tous rentrés chez eux. Pendant qu'Ethel se préparait à aller se coucher, elle a posé la main sur sa poitrine et m'a dit qu'elle ne se sentait pas très bien, puis elle s'est couchée et s'est endormie. Elle ne s'est pas réveillée.

— On dirait qu'elle a peut-être eu une crise cardiaque. Qu'est-ce qui te fait croire qu'elle a été assassinée ?

Je tendis la main pour le tapoter sur la tête de façon conciliante, mais il me chassa d'un coup de patte.

— Ethel avait un cœur très solide, insista-t-il. Elle m'en parlait toujours quand elle revenait de chez le médecin.

Il parla alors d'une voix aiguë et grinçante et se courba en avant, apparemment pour imiter sa propriétaire défunte.

— « Le docteur dit que j'ai un cœur solide et que je pourrai vivre pour toujours. » En fait, elle est allée chez le médecin cette semaine-là, et elle m'encore dit que son cœur était en très bon état.

Je ne savais pas comment annoncer la chose avec délicatesse, alors je lâchai tout d'un coup :

— Oui, mais elle était âgée. Parfois, le corps lâche simplement.

Il secoua catégoriquement la tête et quand il me regarda à nouveau, ses yeux louchaient sur son nez.

— Peut-être, mais ce n'est pas ce qui est arrivé à Ethel. Elle avait une drôle d'odeur après le dîner.

Je me mordis la lèvre en réfléchissant. Je savais qu'Octo-Chat aimait sa propriétaire, mais plus il parlait, plus elle semblait être morte de cause naturelle et pas à cause d'une espèce de meurtre secret. Je ne savais pas comment le lui avouer.

Au bout d'un moment d'hésitation, je repris la parole :

— J'ai entendu dire que les chats étaient parfois capables de le percevoir quand les gens sont sur le point de mourir. Vous étiez très proches, alors tu l'as peut-être simplement perçu.

Il secoua encore frénétiquement la tête.

— Non, elle a vraiment été assassinée. Cette même odeur étrange était dans le dîner et dans son thé.

— Essaies-tu de me dire qu'elle a été empoisonnée ? Je ne suis pas sûre que ça marche. Souviens-toi, tu m'as raconté avec beaucoup de détails que tu as mangé le poisson et tu vas très bien.

— Elle me nourrit avant l'arrivée des invités. Je pense que quelqu'un a trafiqué sa nourriture après que je suis sorti de la cuisine pour aller faire une petite sieste.

Je levai un sourcil et je demandai :

— Dans ce cas, pourquoi les autres invités ne sont-ils pas morts ?

— Je suppose que quelqu'un voulait spécifiquement tuer Ethel.

Il regarda le fauteuil devant lui dans sa première démonstration de véritable chagrin.

— Je ne comprends pas. C'était l'humaine la plus gentille qui soit. Qui aurait voulu la tuer ?

— J'espérais que tu connaisses la réponse à cette question.

Je dus me rappeler qu'il n'aimait pas être caressé… en tout cas, pas par moi. Je posai les deux mains autour de ma boisson et je bus une autre gorgée avant de suggérer :

— Elle avait beaucoup d'argent. Penses-tu que quelqu'un essayait d'obtenir l'héritage en avance ?

Il releva brusquement la tête et ses yeux se focalisèrent sur les miens.

— Alors, tu penses que quelqu'un de la famille l'aurait tuée?

Je haussai les épaules.

— Je ne suis toujours pas entièrement convaincue qu'elle ait été assassinée.

— Dans ce cas, je suppose qu'il va falloir que je te montre.

Il se leva et sauta du fauteuil en un temps record.

— Me le montrer? Comment? dis-je en le suivant bêtement.

— Allons jeter un coup d'œil chez moi. Je te garantis que tu trouveras les preuves dont tu as besoin.

Ensuite il agita la queue et ajouta :

— Puisque ma parole ne te suffit apparemment pas.

CHAPITRE 6

Je considérais que c'était un petit miracle qu'Octo-Chat connaisse l'adresse de sa maison. Ethel et lui avaient vécu ensemble du côté opposé de la ville, près de la baie… comme tous les gens fortunés autour de Glendale.

Une allée privée serpentait sur environ huit cents mètres à travers les bois avant de s'ouvrir sur une magnifique maison coloniale avec d'immenses fenêtres en saillie donnant sur la mer.

Ma mâchoire tomba en voyant cette splendeur inattendue.

— Tu vis ici?

— La sécurité d'abord, on parlera après, chuchota-cria Octo-Chat en enfonçant ses griffes plus profondément dans mes cuisses pendant que je conduisais sur le dernier morceau de l'allée et que je m'arrêtai devant un bâtiment qui m'évoquait davantage un palace qu'une véritable maison.

Au lieu de me garer à l'avant, je fis le tour de la maison pour cacher au moins partiellement ma visite. Dès que j'ouvris la portière, Octo-Chat sauta de la voiture et décrivit un arc de cercle vers la terrasse couverte.

— Attends ! l'appelai-je en examinant la propriété. Allons-nous vraiment simplement entrer ?

— Bien sûr. C'est ma maison.

— Oui, mais n'est-ce pas fermé à clé ?

Malgré tous mes diplômes et mes connaissances diverses, je n'avais jamais pris le temps d'apprendre la serrurerie. Je pouvais peut-être ajouter cela à ma liste pour plus tard, bien que cela n'allait pas beaucoup nous aider maintenant.

— *Pff*. Seulement pour les humains. Regarde.

Octo-Chat monta les marches de la terrasse en courant et se plaça devant une grande chatière qui était presque parfaitement cachée dans la façade en pierre de la maison. Pendant qu'il attendait, le battant s'ouvrit et le laissa entrer. J'étais certaine que la porte d'Octo-Chat coûtait plus que tout mon mois de loyer — peut-être même toute une année.

Je courus le rejoindre, puis je me baissai à quatre

pattes pour jeter un coup d'œil à l'intérieur. Le battant en pierre se referma devant mon nez, mais il se rouvrit quelques secondes plus tard.

Octo-Chat sortit en trottinant avec un sourire sur sa petite tête.

— Ça fait du bien d'être à la maison.

— Eh bien, ne t'y habitues pas trop. Nous ne sommes ici que pour trouver des indices.

— Qu'attends-tu, alors ? Viens à l'intérieur.

Il repartit par son entrée personnelle et j'étais assez proche cette fois pour voir la petite lumière sur son collier avant que la chatière s'ouvre. Très chic.

Octo-Chat se tourna pour me jeter un regard noir.

— Tu ne viens pas ?

— Il y a juste un petit problème.

Je glissai la main dans la maison.

— Je ne passe pas.

Il secoua lentement la tête et leva une patte vers son visage pour montrer son exaspération.

— Dans ce cas, attrape la clé sous la pierre brillante. Dépêche-toi !

Je poussai un grognement en me relevant et je fouillai la terrasse et les massifs de fleurs à la recherche de la pierre brillante qu'il avait mention-née. Je n'avais rencontré Octo-Chat que plus tôt dans la journée, mais je savais déjà qu'il ne servait à rien de lui demander de l'aide ou des précisions. Franchement, on n'a pas vécu tant qu'on n'a pas été méprisé par un chat... même si je ne recommande pas l'expérience.

Quant à moi, je n'avais pas le choix. En tout cas, pas tant que je n'avais pas résolu le meurtre ou prouvé qu'il n'y avait pas eu de crime, les deux possibilités me semblant aussi probables l'une que l'autre.

Octo-Chat ressortit et frappa mon mollet avec sa patte. Il ne fit aucun effort pour rentrer ses griffes.

— Tu cherches au mauvais endroit, m'informa-t-il en ayant l'air de s'ennuyer.

Je lui jetai un regard assassin et j'examinai ma jambe à la recherche de blessures fraîches.

Mon compagnon félin tourna sur lui-même puis sauta de la terrasse et commença à gratter le sol au coin où la maison rejoignait les marches. À cet endroit se trouvait la première d'une série de lampes dont aucune ne s'était déclenchée, malgré l'obscurité tombante.

Je redescendis les marches et je sortis cette première lampe du sol. Effectivement, une petite clé argentée était enterrée au-dessous.

— Bonne cachette, dis-je en me penchant pour sortir la clé de sa sépulture.

— Ethel était aussi intelligente qu'elle était

gentille, dit Octo-Chat avec une admiration qu'il ne manifestait pas, d'habitude. C'était vraiment la meilleure des humaines. Dommage que tu n'aies jamais eu l'occasion de la rencontrer.

J'étais sur le point de lui dire que ce sentiment était adorable, quand il ajouta :

— Tu aurais pu apprendre autant de choses.

— Très bien, grognai-je en me retournant vers les escaliers. Commençons cette enquête.

La clé s'enfonça parfaitement dans la serrure et un instant plus tard, je me tenais dans l'entrée cossue sans savoir par où commencer. Je sifflai doucement, puis je chuchotai :

— Cet endroit est immense.

Octo-Chat soupira.

— Oui, c'est parfait, n'est-ce pas ?

Nous restâmes un moment à observer les décors et les meubles coûteux dans un silence respectueux. Même les lampes semblaient venir d'un château du dix-septième siècle. Je me sentais déjà coupable d'entrer par effraction dans la maison d'une défunte, et là je me sentais encore plus mal de fouiller parmi tous ses biens hors de prix.

Le chat partit d'un pas décidé vers la droite et je le suivis. Peu de temps après, nous arrivâmes dans la cuisine.

J'admirai les placards magnifiques en chêne blanc. Tout était plus grand que la normale ici. L'îlot géant au milieu de la cuisine faisait à peu près la taille d'un lit king size et le frigo en inox semblait faire au moins deux fois la taille de celui de mon petit appartement.

— Oh, pas bête, murmurai-je, incapable d'arracher le regard à ce qui venait de devenir la cuisine de mes rêves. Comme la nourriture a été préparée ici, nous devons chercher des preuves d'empoisonnement.

Je finis par reporter mon attention vers Octo-Chat. Ma lenteur ne le gênait pas si c'était pour admirer son ancienne maison.

En fait, il semblait plutôt content de lui, maintenant.

— Mmm-mmm. L'Évian est ici.

Je suivis son regard vers le garde-manger où des dizaines de bouteilles de son eau préférée étaient effectivement entassées sur l'étagère la plus basse.

— Devons-nous vraiment faire ça d'abord ?

— Oui et dépêche-toi. Je suis assoiffé.

Il s'allongea sur le sol et attendit.

Je levai les yeux au ciel tout en suivant les ordres d'Octo-Chat. Après lui avoir servi la quantité spécifiée dans le récipient spécifié, je retournai au garde-manger et j'attrapai plusieurs bouteilles d'eau et quelques dizaines de boîtes de Gourmet pour nous aider à supporter le temps passé ensemble. J'allais pouvoir éviter de dépenser une petite fortune pour ses courses.

Il vida son bol avec enthousiasme, puis il se lécha les babines.

— C'était parfait. Merci.

Je résistai à l'envie de tapoter impatiemment du pied, ce qui me semblait être l'équivalent humain de ses battements de queue.

— Maintenant que tu es rafraîchi et réhydraté, peux-tu me faire visiter et m'aider à voir ce que tu as aperçu la nuit du meurtre ?

— Oui, d'accord.

Il traversa la cuisine à grandes enjambées avant de sauter sur le comptoir.

Je le suivis quand il me guida vers l'évier qui avait été rempli à ras bord de vaisselle sale.

— Ceci est dégoûtant, mais je vais le faire pour Ethel, m'informa-t-il avant de fermer les yeux et de fourrer son nez au milieu du bazar.

Il fouilla un peu, avant de murmurer :

— C'est celle-ci.

J'étirai le cou, sans voir de quoi il parlait.

— Laquelle ?

— Je l'indique avec mon nez, fut sa réponse étouffée. Dépêche-toi, s'il te plaît. L'odeur n'est pas très agréable.

Les unes après les autres, je sortis les assiettes sales de l'évier. Chacune portait des traces diverses de peaux de saumon, de grains de riz ou de beurre accrochées à la surface, mais j'avais vu bien pire que des assiettes sales de quelques jours. Cette activité ne me dérangea pas autant qu'Octo-Chat.

— Voilà. C'est celle-ci, cria-t-il en reculant lentement hors de l'évier et en se léchant immédiatement la patte. Sens-la.

Je fis ce qu'il dit, mais je ne pus discerner qu'une légère odeur de poisson pourri.

Octo-Chat frotta la tête avec sa patte, puis il la redescendit pour la lécher davantage.

— Maintenant, renifle une autre assiette et tu verras ce que je veux dire.

Je le fis donc en inspirant bien chaque fois, mais je ne perçus aucune différence.

— Que suis-je censée sentir en dehors du poisson?

— Te souviens-tu de ce que j'ai dit sur l'odeur bizarre?

Il attendit que je hoche la tête, puis il révéla :

— Seule l'assiette d'Ethel sentait ainsi.

— Et ceci était son assiette? demandai-je en levant à nouveau la première pour qu'il la renifle.

Son visage se tordit de dégoût.

— Absolument.

— Je ne sais pas ce que je peux faire. Je ne sens pas la différence et je ne saurais même pas comment présenter cela à la police scientifique.

— Explique-leur ce que je t'ai dit.

— Oh, bien sûr. Je vais leur dire « c'est le chat qui l'affirme. » Ça passera très bien.

— Je comprends ton point de vue.

Il arrêta de se laver et scruta la cuisine.

— En dehors du bazar du dîner, rien ne semble avoir été déplacé. Ouvre la poubelle pour voir s'il y a du poison dedans.

J'appuyai sur la petite pédale qui soulevait le couvercle afin que nous puissions tous les deux regarder à l'intérieur.

— Rien, lui dis-je en secouant la tête. On dirait qu'elle n'a pas été assassinée, finalement.

— Ou alors le coupable a été assez malin pour emporter les preuves. De plus, nous avons la preuve de la vaisselle. Ce n'est pas de ma faute si ton nez faible d'humaine refuse de sentir ce que l'on place dessous.

Je détestais l'admettre, mais il avait raison.

— Très bien. Où pouvons-nous chercher d'autres preuves ?

Il secoua la tête d'un air hautain et agita la queue au même rythme.

— D'abord, dis-moi que tu me crois pour le meurtre.

— Quoi ? Pourquoi est-ce important ?

Je le fixai de mon regard le plus autoritaire. Je ne pensais pas que les chats avaient des alphas comme chez les chiens, mais il me fallait un moyen de prendre le dessus.

Il grogna, brisant ma concentration.

— Si nous devons travailler ensemble, j'ai besoin de savoir que tu crois à ce que nous faisons. J'ai besoin de savoir que tu feras ce qu'il faut pour rendre justice à Ethel.

Je levai les yeux au ciel en maugréant :

— Très bien, je te crois.

— La prochaine fois, sois un peu plus convaincante.

Il me fit un rictus méprisant avant de sauter du comptoir, secouant son petit derrière de chat en s'éloignant.

— Étant donné que tu es ma meilleure option, je vais devoir te supporter. Allez viens, je vais te montrer notre chambre.

En le suivant dans le vestibule et en haut du grand escalier, je me demandai si je croyais vraiment qu'Ethel avait été assassinée. Je n'avais pas été capable de voir ou de sentir les preuves, mais je connaissais assez bien Octo-Chat pour savoir qu'il ne perdrait pas son temps avec de fausses affirmations.

Que ce soit logique ou pas, il était convaincu qu'Ethel était morte de façon prématurée, et même si ça me rendait dingue, je le croyais.

CHAPITRE 7

C'était étrange de me trouver dans une chambre où quelqu'un était mort moins de quarante-huit heures plus tôt. Même l'air dans la chambre d'Ethel Fulton semblait moins oxygéné, comme si elle avait essayé de respirer jusqu'à son dernier souffle. À cette idée très agréable, je frissonnai en serrant les bras autour de mon buste.

Octo-Chat sauta sur le lit et gratta le duvet.

— C'est ici qu'elle est morte. Je dormais sur cet oreiller ici et elle dormait du côté le plus proche de la salle de bains. En général, elle se levait plusieurs fois par nuit pour polluer son bol d'eau. D'ailleurs, vous autres les humains, vous êtes dégoûtants, mais j'aimais Ethel et j'étais capable de passer outre ses défauts.

— Et ? demandai-je avec un soupir.

Il retroussa sa lèvre, mais il ne siffla pas.

— Cette nuit-là, elle ne s'est pas réveillée du tout. C'était le premier signe que quelque chose n'allait pas.

Je traînai près du lit, mal à l'aise, ne souhaitant pas m'asseoir dessus ni même le toucher.

— Je pensais que l'odeur bizarre de la nourriture était le premier signe.

Mon compagnon renifla le lit comme pour chercher quelque chose de spécifique.

— C'est là que j'ai eu mes premiers soupçons, mais quand elle ne s'est pas levée cette nuit-là, j'en étais sûr.

Je laissai quelques instants ininterrompus à Octo-Chat pour terminer son enquête sur le lit. Quand il se réinstalla sur son oreiller, je dis :

— D'accord, alors même si c'est ici qu'elle est morte, je ne pense pas qu'il y ait un rapport avec le meurtre. En bas, il y avait six assiettes. En supposant que l'une d'entre elles était à Ethel, te souviens-tu de l'un des cinq autres invités ?

— Je pourrais les identifier si je les revoyais, et probablement davantage par l'odorat que par la vue.

Je songeai à cela. L'odorat développé d'Octo-Chat ne me servait pas. La seule personne que je pouvais identifier à l'odeur était sans doute Bethany du travail… et c'était uniquement à cause de son obsession pour les huiles essentielles. Soudain, j'eus une pensée encourageante.

— Certains des invités étaient-ils présents à la lecture du testament, ce matin ?

Il bâilla et étira les pattes devant lui comme pour prendre une belle position de yoga.

— Oui, ils y étaient tous, révéla-t-il.

Soudain, résoudre cette affaire me sembla non seulement possible, mais probable. Essayant de ne pas faire peur à Octo-Chat avec mon enthousiasme soudain, je lui demandai :

— Mais tu ne sais pas lequel a tué Ethel ?

— Non, aucun d'eux n'avait l'odeur bizarre du dîner quand je les ai vus ce matin, confia-t-il en fronçant les sourcils.

— Et tu ne te souviens pas de leurs noms ?

Octo-Chat secoua la tête.

En oubliant mon dégoût, je soupirai et je m'assis sur le matelas à côté de lui, ayant l'impression que tout le vent quittait mes voiles regonflées.

— Comme il y avait au moins vingt personnes à la lecture du testament, nous avons toute une liste de suspects.

Il soupira également.

— Oui, apparemment.

Je frissonnai en me rendant compte que j'étais assise exactement à l'endroit où la vieille dame Fulton était morte pas même deux jours plus tôt.

— Peut-être que si nous essayons de…

— *Chut!* cria Octo-Chat en se levant soudain, alerte.

Ses oreilles pivotèrent comme de petites paraboles cherchant à trouver la meilleure réception.

— Quelqu'un vient d'entrer dans la maison.

Mon estomac tomba dans mes talons et directement à travers le plancher.

— *Quoi?*

Il écouta un peu plus longtemps.

— Oui, il y a quelqu'un, c'est sûr.

En connaissant ma chance, c'était le tueur venant nettoyer la scène de toute preuve restée sur place — des preuves que j'avais été trop stupide pour trouver. Maintenant elles allaient disparaître pour toujours et Ethel Fulton allait passer l'éternité de sa mort sans être vengée. De plus, si le tueur nous trouvait, il pouvait frapper encore… et, évidemment, nous étions sur son chemin.

— Nous devons sortir d'ici, articulai-je en silence en espérant qu'Octo-Chat sache lire sur les lèvres.

Il sauta sur le plancher et trotta hors de la chambre que j'avais bêtement laissée grande ouverte.

Je tendis l'oreille pendant ce qui me semblait une éternité, attendant que quelqu'un croise le chemin de mon acolyte malchanceux. Octo-Chat allait-il reconnaître le danger? Et si oui, allait-il trouver un moyen de m'alerter?

Plusieurs minutes s'écoulèrent sans aucun signe d'Octo-Chat ni personne d'autre. En prenant une profonde inspiration, je sortis dans le couloir sur la pointe des pieds et je me dirigeai vers le grand escalier. Il me suffisait de descendre les marches et de sortir, je n'avais ensuite plus besoin de revenir dans cet endroit.

Même si je m'en sortis très bien pour descendre en silence, je le fis aux dépens d'une sortie rapide.

À environ mi-chemin, une silhouette apparut dans le vestibule et s'arrêta en me remarquant.

De toutes les choses que j'aurais pu faire alors, je choisis la pire. Je me figeai sur place.

— Qui est là? demanda la silhouette.

La voix appartenait clairement à une femme, ce qui me rassura un peu. J'aurais eu des difficultés à me défendre contre un homme adulte, mais je faisais un mètre soixante-treize et une taille quarante-quatre, je pouvais sans doute me résister à la plupart des autres femmes... sauf si elle avait une arme.

— Je... je suis...

Comment pouvais-je expliquer mon intrusion ? La vérité au sujet du chat qui parlait et de notre enquête pour meurtre était pire qu'à peu près n'importe quel mensonge, mais j'avais trop peur pour réfléchir à une bonne excuse.

Heureusement, Octo-Chat choisit ce moment précis pour entrer par sa chatière électronique et monter les marches pour me rejoindre.

— Dis-lui que tu cherches ma nourriture et mon lit et d'autres affaires, ordonna-t-il.

Oh, c'était une très bonne idée. C'était au moins partiellement vrai.

— Je m'occupe du chat pendant quelques jours et je suis venue chercher ses affaires. Qu-qui êtes-vous ? demandai-je hardiment en me tenant droite comme si j'avais tous les droits d'être là.

Elle fit un pas en arrière et appuya sur un interrupteur qui illumina le chandelier au-dessus de nos têtes, nous éclairant toutes les deux.

— Apparemment, vous n'êtes pas quelqu'un de proche de la famille, autrement vous n'auriez pas besoin de poser la question. Alors pourquoi ne commencez-vous pas par me dire qui vous êtes ?

— Elle bluffe, chuchota Octo-Chat à côté de moi. Elle est tout aussi effrayée que toi. Elle émet des hormones de stress comme pas possible.

— Je travaille pour M. Fulton.

Je descendis quelques marches, gardant les yeux rivés sur l'autre femme.

— Dois-je lui dire que vous êtes passée?

— Bien dit, m'encouragea Octo-Chat dans mon dos.

La femme jura. Les cernes profonds de ses yeux indiquaient qu'elle n'avait pas bien dormi depuis longtemps, et la façon dont elle tordit la bouche en fronçant les sourcils signifia que je m'étais montrée plus maligne.

— Non, il n'aimerait pas ça, marmonna-t-elle en jetant un coup d'œil derrière elle avant de me regarder à nouveau. Écoutez, je ne prends rien. Je suis simplement en train de regarder les affaires de Tante Ethel pour m'assurer de ne pas me faire avoir quand ils diviseront l'héritage. J'allais partir, de toute façon, alors aucun mal n'a été fait.

Elle leva les mains en signe de capitulation et attendit que je la rejoigne au rez-de-chaussée.

— Je suppose que je ne suis pas obligée de parler de ça à M. Fulton, mais nous ferions mieux de partir et de fermer, dis-je avec bien plus de courage que je n'en ressentais.

— Oui, d'accord.

Elle recula lentement, gardant les yeux rivés sur moi pendant tout ce temps, puis elle tâtonna à la recherche de la poignée de porte derrière elle et l'ouvrit avec tant de force qu'elle claqua contre le mur. Si je n'avais pas eu de soupçons auparavant, alors il était certain que je m'interrogeais sur ses motivations maintenant.

— À un de ces jours, alors, dit la femme en jetant un coup d'œil par la porte une dernière fois avant de descendre les marches et de détaler.

Je l'observai pendant qu'elle montait dans une vieille voiture et qu'elle s'assit en marmonnant au volant. Même si elle partait maintenant, ça ne signifiait pas qu'elle — ou quelqu'un d'autre — ne revenait pas bientôt. Je devais sortir d'ici, mais il me fallait d'abord attraper les affaires d'Octo-Chat dans la cuisine.

Il me suivit d'un pas rapide.

— Tu t'en es très bien sortie, dit-il. Je commence à penser que tu es peut-être à la hauteur de la tâche, finalement.

— Waouh, merci, lui dis-je en soulevant l'Évian et les boîtes de nourriture pour chat du mieux que je pouvais. Tu veux bien surveiller mes arrières au cas où elle essaierait de s'approcher et de me poignarder pendant que je ne regarde pas ?

Octo-Chat sauta sur le comptoir et écarquilla les yeux.

— Oh, ce n'est pas la tueuse.

— Qu'est-ce qui te fait dire ça ? marmonnai-je en luttant pour garder les affaires en équilibre dans mes bras. N'était-elle pas là l'autre soir ?

— Oh, elle était là, mais elle n'est pas assez intelligente pour commettre un meurtre, et encore moins pour le cacher. Crois-moi, c'est la nièce d'Ethel. Elle est sans aucun doute la femme la plus stupide que j'ai rencontrée. Elle n'aurait pas pu mijoter ça.

— On dirait presque que tu admires le tueur, chuchotai-je en quittant la cuisine.

Je ne savais pas si notre visiteuse était partie ou si elle risquait de revenir avant que je puisse m'en aller.

Mon compagnon siffla :

— Non, crois-moi, je suis furieux comme un humain sans son téléphone portable. C'est juste que je sais qu'elle n'en est pas capable. Cela laisse toutefois encore quatre autres invités qui auraient pu le faire.

La porte d'entrée était toujours grande ouverte, mais la voiture de l'autre femme avait disparu de l'allée. Heureusement, car je n'étais pas prête pour plus de bavardages, même en sachant que ça n'allait pas se terminer par mon propre meurtre.

— Tu ne sais pas qui étaient les autres invités ? Tu as dit plus tôt que tu ne connaissais personne, mais tu as semblé reconnaître immédiatement la nièce d'Ethel.

Il soupira comme si c'était lui qui supportait ma stupidité.

— C'est la mémoire olfactive. Certains détails ne se remettent pas en place sans ça.

— Je n'ai encore jamais entendu une chose aussi ridicule.

Je surveillais mes pieds pendant que nous avancions sur le sol inégal sur le côté de la maison où j'avais caché ma voiture près d'un bois de grands arbres.

— Eh bien, avec combien de chats as-tu eu des conversations profondes avant de me rencontrer ?

Je devais admettre qu'il m'avait eue.

— Compris. Mais notre petite escapade n'a abouti à rien, alors que devons-nous faire ensuite ?

On atteignit ma voiture et je posai ma charge de boîtes de conserves et de bouteilles sur le sol afin d'ouvrir le coffre et de tout poser à l'intérieur.

— Ce n'était absolument pas *rien*.

Octo-Chat sauta sur le capot de ma voiture et me regarda comme si j'étais une paysanne et qu'il était le roi.

— Nous avons ma nourriture et de l'Évian, non ?

Je secouai la tête et je gloussai en refermant le coffre. Nous avions affronté le danger, mais nous étions encore loin de résoudre le mystère du meurtre. Au moins, nous avions de l'Évian !

CHAPITRE 8

L e lendemain matin, un cri perçant me réveilla au petit matin. La chambre était toujours plongée dans l'obscurité, alors j'attrapai mon téléphone pour l'utiliser comme une torche improvisée.

— Ah, en plein dans l'œil! cria Octo-Chat en sautant du lit pour échapper à la lumière.

Je luttai en m'asseyant, car mes membres étaient encore engourdis.

— Que se passe-t-il? Qu'est-ce qui ne va pas?

Il se tourna vers moi. Ses yeux scintillants s'élargirent en s'habituant à ma torche.

— C'est l'heure du petit-déjeuner, m'informa-t-il.

Un rapide coup d'œil à mon téléphone confirma qu'il n'était que cinq heures du matin, deux bonnes heures avant que je me lève pour une journée de travail habituelle.

— Pas question, tu rêves, gémis-je en me couvrant la tête avec les couvertures. Va-t'en.

L'horrible cri de banshee résonna encore, envoyant des frissons dans ma colonne vertébrale et transperçant directement mon cerveau.

— Est-ce toi ? sifflai-je.

Octo-Chat siffla à son tour, puis il me parla lentement et avec un volume normal.

— C'est l'heure du petit-déjeuner, répéta-t-il. Si je pouvais moi-même ouvrir la boîte, je le ferais, mais je ne peux pas. Alors, lève-toi et utilise tes pouces opposables, ma chère.

— Très bien, mais je te déteste, me plaignis-je en jetant mes jambes par-dessus le bord du lit.

Il m'obligeait à me lever, ça ne voulait pas dire que je devais me presser.

Il courut devant moi et décrivit plusieurs cercles en attendant que je le rejoigne.

— Le sentiment est réciproque, au moins tant que je n'ai pas eu mon petit-déjeuner.

— Et moi, mon café, dis-je en frissonnant lorsque je me souvins de mon altercation avec la cafetière du bureau.

J'allais peut-être passer au thé, désormais.

Dans la cuisine, je mis son pâté de saumon préféré sur une assiette et je la posai sur le sol pour mon colocataire pourri gâté.

— Bon appétit, marmonnai-je en retournant dans ma chambre d'un pas traînant.

Je ne m'étais même pas recouchée quand Octo-Chat donna un coup de patte à mes pieds en grognant.

— Non, tu ne peux pas retourner au lit. C'est le matin et il me faut mon petit-déjeuner.

— Je viens de te nourrir. Va manger et laisse-moi tranquille.

Je me laissai tomber sur le lit et je me tournai sur le côté afin de ne pas être obligée de voir sa petite tête de chat exigeant.

— Pourquoi est-ce si difficile à comprendre? soupira-t-il, ses moustaches frémissant furieusement. Je ne peux pas manger, sauf si tu es à côté de moi et que tu me regardes. Tu pourrais aussi me dire que je suis un bon chat.

— Mais tu n'es pas un bon chat, grommelai-je.

À ce moment précis, il était à peu près le pire chat au monde. Après tout, aucun des autres chats sur Terre ne me tirait du sommeil à cette heure indue.

— Ethel me caressait toujours et elle me parlait quand je mangeais. S'il te plaît, ne crois-tu pas…?

Il s'interrompit et je me tournai malgré moi... pour me retrouver plongée dans ses énormes yeux suppliants.

— Très bien ! crachai-je. Mais demain, nous nous réveillons selon mon emploi du temps.

Octo-Chat ne dit rien en ouvrant la voie vers la cuisine, la queue levée et les hanches se balançant d'une façon qui donnait vraiment l'impression que c'était pour mon bénéfice.

— Oh, grand et puissant Octo-Chat, tu es un si bon minou, dis-je en levant les yeux au ciel pendant qu'il prenait une première bouchée hésitante de son petit-déjeuner à l'odeur horrible.

— Hé, que t'ai-je dit sur le fait de m'appeler « minou » ? grommela-t-il entre deux bouchées. Mais je dois dire que je commence à apprécier l'autre.

— Quoi ? *Octo-Chat ?*

Je lui jetai un regard suspicieux. J'étais surprise, car jusqu'à présent il avait été intraitable concernant son nom ridiculement long.

— Celui-là, oui, confirma-t-il en faisant claquer les lèvres pendant qu'il continuait à avaler son Gourmet.

— Ça te va bien.

— Et ça donne l'impression que je suis branché et moderne, aussi.

— Oh oui, tu es un chat très cool.

Il était peut-être temps d'apprendre quelques nouveaux mots à ce pauvre chat. Après tout, il tenait tout son vocabulaire d'une femme de quatre-vingts ans.

Quand il eut terminé son repas, je versai un peu d'Évian dans une tasse et je la posai devant Octo-Chat. Il la lapa avec plaisir et commença ensuite la première de ses nombreuses toilettes quotidiennes.

— Puisque je suis debout, je vais aller me préparer, l'informai-je en remerciant ma bonne étoile quand il ne me suivit pas dans la salle de bains.

Je pus prendre une douche sans qu'il fasse tout un cinéma.

L'eau chaude tambourina sur ma peau, me ramenant lentement à la vie. Quand j'eus terminé tous les rituels du matin, j'étais de bien meilleure humeur.

— C'est bien de voir que tu es enfin réveillée, dit Octo-Chat d'un air approbateur. À quelle heure partons-nous au bureau ?

— Nous ? Non, non, non. Je ne peux absolument pas justifier le fait de te ramener au bureau.

— Mais j'y étais hier, argumenta-t-il en faisant la moue comme un enfant.

— Pour la lecture du testament.

— Alors, il te suffit de faire une autre lecture de

testament. De plus, si je suis là, je peux t'aider à découvrir le tueur.

Je croisai les bras sur ma poitrine et je le fixai sans cligner des paupières.

— Tu ne viendras pas.

Il courut vers la porte en criant d'une voix chantante :

— Dommage que tu ne puisses pas m'arrêter.

Quel sale gosse. On pouvait être sûr qu'Octo-Chat voulait toujours être au centre de l'action. Il était assez sociable pour un chat. Si je voulais le laisser à la maison, il me fallait trouver quelque chose d'important à faire ici... ou au moins lui faire croire que c'était important.

J'espérais que les chats étaient vraiment curieux. Je comptais dessus.

— Je vais seulement au travail parce que je n'ai pas le choix, l'informai-je. Toi, ce n'est pas ton cas. Et il vaudrait bien mieux que tu restes ici et que tu fasses des recherches pour notre affaire.

Il agita la queue, mais sembla intrigué.

— Ah? Eh bien, qu'as-tu en tête?

Si je mettais trop longtemps à réfléchir, Octo-Chat allait comprendre ma combine, alors je dis la première chose qui me vint à l'esprit.

— Des recherches. Sur Internet.

— Je ne sais pas taper au clavier, dit-il en se renfrognant. Ni lire, d'ailleurs.

— Tu ne sais pas lire ?

Je ne sais pas pourquoi j'étais surprise. La plupart des chats ne parlaient pas. Peut-être avais-je simplement supposé qu'Octo-Chat savait tout faire comme un acolyte super-minou.

Il abandonna la porte et me rejoignit dans le salon.

— Jusqu'à ce que je te rencontre, je ne savais pas du tout que les humains avaient un système de communication aussi complexe, expliqua-t-il. Vos sons différents ont des sens différents ! J'ai toujours cru qu'il ne s'agissait que des émotions, mais vous semblez attribuer des bruits à différents objets et concepts. C'est fascinant.

— Pareil pour moi, chat.

J'étais toujours stupéfaite qu'Octo-Chat considère les humains comme simplement un autre animal. Dans son esprit, les chats étaient l'espèce intellectuellement supérieure de la planète, ce qui me semblait risible. Les humains se faisaient-ils des illusions au sujet de leur place dans le règne animal ? En tout cas, ça me laissait songeuse.

Je m'étais demandé autre chose également, et je décidai de poser la question à Octo-Chat.

— Alors, tu ne parles pas ma langue ?

Il agita les moustaches, perplexe.

— C'est quoi ta langue ? Est-ce votre mot pour l'humain ? Parce que non, je ne parle pas l'humain. Tu parles chat.

— Pourtant, je ne parle pas le chat.

En tout cas, j'étais à peu près certaine de ne pas être en train de parler en miaulant, ronronnant et grognant.

— Et pourtant, nous nous comprenons.

Octo-Chat sembla s'ennuyer, alors que je trouvais la conversation terriblement intéressante. Apparemment, la curiosité était humaine également.

Nous restâmes silencieux en y réfléchissant tous les deux, l'un de nous plus que l'autre.

Je finis par dire :

— Je suppose que c'est un autre mystère qu'il nous faudra résoudre. Tu sais, une fois que nous aurons résolu le mystère plus urgent du meurtre.

— Il n'y a pas de mystère qui soit, m'informa-t-il, ses yeux brillant d'une lueur de connaissances qu'il ne partageait pas. C'est la magie.

— La magie ?

Je ris à cette idée.

— Tu crois à la magie ?

— Pas toi ?

Il sembla véritablement surpris.

Combien de choses nous autres les humains ne savions-nous pas sur le reste du monde? Je commençais à croire qu'il y en avait beaucoup. J'allais me renseigner plus tard. Pour l'instant, je devais le distraire afin de filer discrètement au bureau, toute seule.

— D'accord, alors voilà ce que tu peux faire pour moi, lui dis-je en me penchant pour attraper la télécommande sur la table basse. Je vais laisser la télévision allumée pour toi et tu pourras apprendre à lire l'humain.

— Beurk, mais pourquoi?

— Afin que tu puisses m'aider avec les recherches, bien sûr.

— Vas-tu apprendre le chat? rétorqua-t-il.

— Bien sûr, tu pourras me donner des leçons quand je rentrerai du travail.

J'acceptai essentiellement pour éviter une longue discussion, mais je devais admettre que l'idée d'apprendre une nouvelle langue inconnue m'enthousiasmait.

La télévision s'anima quand j'appuyai sur le bouton et nos yeux furent immédiatement attirés par l'écran. Après avoir zappé un moment, je choisis une des chaînes pour enfants où une petite fille à la peau couleur caramel et son singe parlaient directement au spectateur. J'appuyai sur plusieurs boutons, trouvant enfin l'option des sous-titres.

Octo-Chat miaula en répondant à l'écran, tout de suite fasciné par le programme. Je regardai quelques minutes avec lui, puis je parvins à sortir sans être repérée, comme je l'avais espéré.

J'allais arriver affreusement tôt au bureau ce jour-là, mais c'était peut-être à mon avantage. Petit à petit, un plan se forma dans ma tête.

Oui, aujourd'hui allait être une journée productive dans la résolution du meurtre d'Ethel Fulton. Si tout se passait selon mes plans, je pouvais même découvrir le coupable avant de retourner à la maison en fin de journée.

CHAPITRE 9

En chemin vers le bureau, je m'arrêtai au café local pour commander des cafés latte pour les associés et tous les avocats. Même si je ne pouvais pas vraiment me le permettre financièrement, j'avais besoin d'une excuse pour parler à tout le monde et voir ce que je pouvais apprendre au sujet de la lecture du testament et de la prétendue cause de la mort d'Ethel Fulton.

Heureusement, même si Mamie voulait que je sois une adulte entièrement autonome, elle intervenait quand il m'arrivait de ne pas pouvoir payer le loyer. En général, mon argent de poche était dépensé en livres, en cours de fac ou en séminaires en ligne, mais pour les quelques jours à venir, le mystère d'Octo-Chat allait trop m'occuper pour avoir le temps de me divertir en apprenant.

J'avais lu assez de romans policiers pour savoir qu'il fallait pas mal de travail pour identifier un tueur. Dans le monde réel, de nombreuses affaires étaient sans doute très vite élucidées, mais je doutais que ce soit le cas de celle d'Ethel.

Pour commencer, toutes mes preuves étaient basées sur des rumeurs... *venant d'un chat.*

Et même si je le croyais, je ne pouvais pas vraiment utiliser sa parole pour me justifier. Octo-Chat m'avait également donné juste assez pour rendre légitime son affirmation de meurtre, mais pas assez pour guider mes questions quand je m'adressais à quelqu'un d'autre.

Tout cela signifiait que je devais rester décontractée et bavarder en essayant de récupérer des informations auprès de mon patron et de mes collègues. La livraison surprise de café allait me permettre de lancer la conversation, mais je devais compter sur ma présence d'esprit pour apprendre des éléments ayant un véritable intérêt.

Bon, j'avais vraiment du pain sur la planche.

Grâce à mon réveil brutal de ce matin, j'arrivai au travail une bonne heure avant le début habituel de ma journée. Il n'y avait que deux autres voitures sur le parking : celle de M. Fulton et celle de Bethany. Dommage pour tous les cafés supplémentaires. J'espérais pouvoir les réchauffer secrètement aux micro-ondes sans que quelqu'un le remarque.

En essayant de ne pas montrer ma déception, j'entrai d'un pas léger avec mon grand plateau de cafés et un sourire éclatant.

— Bonjour, chantonnai-je en passant devant le bureau de l'accueil où j'étais normalement assise pour accueillir les visiteurs qui passaient au cabinet.

Je ne fus accueillie que par du silence.

— Bonjour ? appelai-je en sachant que j'avais vu leurs voitures.

En avançant dans le couloir vers le bureau de M. Fulton, j'allumai les plafonniers.

— M. Fulton ?

La porte s'ouvrit brusquement, ce qui me fit sursauter. Heureusement que les cafés brûlants ne m'éclaboussèrent pas, sinon je me serais retrouvée à l'hôpital avec un accident du travail surprenant pour la deuxième journée consécutive.

Quand je récupérai mon équilibre, je levai les yeux vers mon patron. Le pauvre homme était presque méconnaissable. M. Fulton était ébouriffé de façon comique. Sa chemise normalement bien repassée était froissée et sa cravate pendait de travers. Il avait les yeux rivés sur le sol et il lui fallut donc un peu plus longtemps pour constater que je me tenais juste devant lui.

— Bonjour, monsieur, dis-je avec précaution. Est-ce que… est-ce que tout va bien ?

Il leva les yeux vers moi et plaqua sur son visage un sourire poli dont je n'étais pas dupe.

— Oh oui. Oui, je vais bien. Ce café est pour moi ?

Quand je lui eus donné le latte, il retourna dans son bureau et claqua la porte derrière lui sans un *merci* ni un *bonjour* ni *je suis content que tu ne sois pas morte à cause de cette cafetière, hier.*

Étrange. Vraiment étrange.

En haussant les épaules, je me dirigeai ensuite vers le bureau de Bethany. La pièce était sombre et silencieuse, alors que j'aurais pu jurer avoir vu sa voiture sur le parking. J'avais peut-être vraiment perdu l'esprit, ou alors tous les autres étaient devenus fous.

Quoi qu'il en soit, j'avais l'étrange impression d'être observée. Le tueur savait-il que j'étais sur ses traces, ou bien un autre danger obscur me menaçait-il ?

Le *danger*, pff, n'importe quoi.

C'était toujours mon vieux bureau ennuyeux, mais un peu plus tôt dans la journée que d'habitude. M. Fulton venait de perdre un membre de sa famille et il avait un héritage compliqué à gérer, alors évidemment, il était un peu perturbé.

En ce qui concernait Bethany, elle aimait souvent s'échapper dehors pour prendre un peu d'air frais, ce qui était logique, vu qu'un brouillard chimique permanent avait envahi son bureau après plus d'une année d'utilisation exagérée d'huiles essentielles. En fait, elle était sans doute dans le jardin en ce moment même, ce qui allait me donner l'occasion parfaite de lui parler en privé avant que les autres arrivent.

Après m'être rassurée un peu, je posai le plateau de cafés sur mon bureau, j'en attrapai un pour moi et un pour Bethany, et je sortis. Je fis le tour de tout le bâtiment, mais je ne vis qu'un écureuil louche qui me fixait d'un air suspicieux.

Où était Bethany?

En retournant au parking, je jetai un coup d'œil dans sa voiture, mais elle était vide également. Quand je fis demi-tour, j'aperçus une lueur grise disparaître derrière le bâtiment.

— Bethany? appelai-je en courant.

Une fois de plus, il n'y avait personne.

Je laissai tomber et je retournai à l'intérieur où je

trouvai Bethany qui m'attendait à côté de mon bureau.

— Comment as-tu…?

— Quoi? demanda-t-elle en tripotant un des gobelets de café qu'elle souleva ensuite pour le serrer entre ses mains. J'étais là depuis le début, dit-elle en haussant les épaules quand je ne finis pas ma question.

Si c'était vrai, alors elle était très probablement avec M. Fulton dans son bureau. Le sien était vide et aucun des autres n'avait encore été ouvert pour la journée.

Mais pourquoi tout ce secret?

Étais-je tombée sur un nouveau mystère?

Non, M. Fulton n'aurait jamais eu une liaison. Totalement impossible. Et particulièrement pas avec l'impétueuse et hargneuse Bethany, qui était l'opposé de sa femme. À cause d'Octo-Chat, mon imagination était en train de me jouer des tours.

Il était maintenant temps d'arrêter de spéculer au sujet de mes collègues et de commencer à rassembler des informations au sujet du meurtre d'Ethel. Étant donné que Bethany était déjà un peu troublée, elle allait peut-être faire une gaffe et me dire plus que ce qu'elle voulait.

Il fallait que je tente le coup.

— Alors... dis-je en posant un des cafés et en buvant une petite gorgée de l'autre. Hier, c'était de la folie, hein ?

Elle tourna brusquement la tête vers moi comme si elle venait de se souvenir de ma présence, puis un sourire serpentin glissa sur son visage.

— Vraiment de la folie, oui.

— As-tu raté beaucoup de choses parce que tu m'as conduite à l'hôpital ?

— Oh, non. Je ne crois pas. Quand je suis revenue, ils venaient tout juste d'arriver à la partie qui concernait le chat.

Elle fit passer ses cheveux blonds derrière ses oreilles et me fit un sourire apaisant.

— J'ai entendu dire qu'Ethel avait laissé une grande partie de son héritage à Oct... je veux dire, à son chat. Je parie que tout le monde a dû être outré.

Elle prit ses aises dans notre conversation, devenant moins tendue pendant que nous échangions nos ragots.

— Que ressentirais-tu si on te retirait ton héritage à cause d'un chat de gouttière ?

— Il paraît qu'il est en partie Maine coon, dis-je en me demandant pourquoi j'avais besoin de défendre un chat que je connaissais depuis moins de vingt-quatre heures et que je n'appréciais pas tellement, de toute façon. Bethany avait raison. Je ne savais toujours pas combien d'argent Octo-Chat avait hérité, mais à en juger par la maison que nous avions visitée la veille, ce devait être assez conséquent, en effet.

— Eh bien, quoi qu'il en soit, dit-elle en fronçant les sourcils, je ne crois pas que cette femme restera favorablement dans les esprits, après ça. En tout cas, pas pour sa famille.

— L'appréciaient-ils avant? songeai-je à voix haute en essayant de ne pas montrer mon intérêt pour sa réponse alors que nous arrivions enfin au cœur de cette information croustillante.

Bethany haussa les épaules.

— Qui sait?

Quand elle se retourna pour partir, je lâchai la première chose qui me passa par la tête.

— Savons-nous comment elle est morte? criai-je presque. Est-il possible que quelqu'un dans la famille, tu vois, l'ait aidée un peu à mourir pour obtenir l'héritage en avance?

Bethany se figea sur place. Quelques secondes gênantes s'écoulèrent avant qu'elle éclate de rire.

— Vraiment, Angie? On dirait que tu as un peu trop regardé la télé. Les gens meurent tous les jours. Très peu d'entre eux sont assassinés.

Je me forçai à rire, moi aussi.

— Oh, tu as raison. J'ai veillé tard en lisant hier soir, puis je me suis réveillée tôt à cause du chat. J'ai peur de m'être un peu grillé le cerveau.

Elle semblait intéressée par cela.

— Le chat. Oui, c'est toi qui l'as accueilli, n'est-ce pas ?

— Oui, je voulais aider la famille pendant cette période difficile et ça m'a semblé être le moyen le plus simple.

Bethany revint vers moi avec des pas lents et déterminés. D'une voix grave, elle chuchota :

— Tu as intérêt à être contente que ces histoires de meurtre ne soient que dans ta tête, parce que celui qui récupère le chat aura l'argent. S'il reste trop longtemps avec toi, tu pourrais être la suivante sur la liste du tueur.

Un frisson se faufila du bout de mes doigts jusqu'à mon cœur et les petits cheveux de ma nuque se dressèrent, en alerte. J'étais sur le point de demander ce qu'elle insinuait lorsque Bethany éclata encore de rire.

— Tu aurais dû voir ta tête, s'esclaffa-t-elle avant de tourner les talons et de partir dans son bureau.

Son rire la suivit, me laissant seule avec mon

plateau presque entièrement rempli de gobelets de café.

Si je ne la connaissais pas mieux, j'aurais pu jurer que Bethany essayait de me faire réagir... ou de m'avertir. Savait-elle quelque chose que j'ignorais? Était-elle au moins partiellement coupable?

Soudain, je ne me sentis plus très en sécurité.

CHAPITRE 10

Environ une demi-heure plus tard, les autres avocats arrivèrent petit à petit. J'avais déjà décidé de ne plus jamais venir en avance. M. Thompson m'envoya chercher du café à son arrivée, mais cette fois au moins, il me donna de l'argent pour rembourser mon achat.

Quand je revins avec un nouveau plateau de boissons chaudes, je trouvai Diane Fulton assise dans la petite salle d'attente avec un magazine plié sur ses jambes croisées.

— Oh, te voilà, Angie, dit-elle avec un sourire exagéré. Bonjour.

— Bonjour, répondis-je en hésitant, me balançant d'un pied sur l'autre.

Normalement, j'adorais les visites de Diane, mais

aujourd'hui sa présence me rendait nerveuse à cause de l'étrange comportement de son mari ce matin-là et de mes soupçons d'une liaison éventuelle.

J'affichai mon propre faux sourire.

— Puis-je faire quelque chose pour toi ?

Ses mains tremblaient sur ses genoux, trahissant l'émotion extrême qu'elle s'appliquait à cacher.

— Eh bien, je suis venue voir mon mari, mais il semble être absent. Je me suis dit que si j'attendais ton retour, tu saurais peut-être me dire où je peux le trouver.

— Je suis désolée, mais non. S'il n'est pas dans son bureau, je ne sais pas où il est allé.

J'hésitai encore avant de demander :

— Est-ce que tout va bien ?

Diane fit passer ses cheveux normalement bien coiffés derrière ses oreilles et déglutit. Ce fut alors que je vis comme elle était débraillée, elle aussi. Au lieu de sa garde-robe habituelle de chemisiers et de jupes de couturiers à la mode, elle portait un vieux tee-shirt avec une grande tache sur la poitrine. Elle avait assorti cette horreur avec un pantalon de jogging et des tongs. Je n'aurais jamais deviné qu'elle en possédait, et surtout pas qu'elle allait se montrer en public en les portant.

Je posai les cafés sur une petite table et je me

baissai pour parler à mon amie qui devait maintenant activement lutter pour retenir ses larmes.

— Tu peux toujours me parler, lui dis-je doucement en me demandant si je devais proposer un mouchoir ou un câlin.

— C'est Richard, avoua-t-elle avec un sanglot. Il n'est pas rentré à la maison hier soir et il ne répond pas à mes appels ou à mes textos. Je ne sais pas quoi faire.

Je repensai à ce matin. Je n'avais jamais vu mon patron aussi perturbé et j'étais prête à parier que Diane ne l'avait jamais vu perdre son calme de cette façon non plus.

— Voilà ce que je propose, dis-je en espérant ne pas le regretter plus tard. Je te passerai un coup de fil dès que je le vois.

Elle écarquilla les yeux, ses larmes retenues scintillant maintenant d'espoir.

— Oh, tu ferais ça? Ça m'aiderait tellement.

— Bien sûr.

Je ne voulais vraiment pas m'immiscer dans leur drame domestique, mais je ne pouvais pas ignorer mon amie alors qu'elle en avait besoin.

— Il a agi si bizarrement cette semaine, poursuivit Diane après s'être attrapé un mouchoir et avoir vidé son nez dedans. Nous sommes mariés depuis presque trente ans, mais soudain, il est comme un inconnu.

Je ne savais vraiment pas quoi répondre à ça, alors je la tapotai sur l'épaule et je fis un sourire apaisant.

— Je suis sûre que tout va bien. Il traverse une période difficile avec la mort de sa tante. N'est-ce pas?

Diane hocha la tête.

— Ethel était toujours ma préférée de la famille. Je regrette de ne pas avoir passé plus de temps avec elle sur la fin. Je pense que nous nous attendions presque à ce qu'elle vive éternellement. Ça a été un tel choc.

J'aurais beaucoup aimé lui poser des questions sur le dîner, mais je ne pouvais pas justifier le fait d'être au courant.

— Je suis vraiment désolée.

Elle renifla et rangea le mouchoir usagé dans son sac à main.

— Oh, regarde-moi. Je t'empêche de travailler.

Elle jeta le magazine sur la table basse et se leva en essayant de lisser les plis de sa tenue sans y parvenir. Elle fit un petit rire sarcastique.

— Je suis dans un état pas possible. C'est peut-être le bon jour pour me rendre au salon de beauté.

— C'est une excellente idée.

— Tu me promets de m'appeler si tu le vois?

— Je te le promets.

Je pouvais au moins faire ça. Quant à résoudre le meurtre? Je commençais sérieusement à m'inquiéter des autres secrets sinistres que je risquais de découvrir en continuant à fouiller.

Diane hocha la tête, scruta les lieux, puis me surprit en me serrant dans ses bras.

— Merci, Angie. Tu n'as pas idée de l'aide que tu m'apportes.

Moins d'une minute plus tard, elle avait disparu et j'étais tout aussi perplexe qu'avant.

Notre plus jeune avocat, Derek, sortit du bureau qu'il partageait avec Brad, un autre des futurs avocats au sang bleu ayant appartenu à une fraternité, et il marcha tout droit vers le café.

— Merci pour ça, dit-il en prenant deux gobelets et en tournant les talons pour replonger dans leur bureau.

Je le suivis et je m'assis au coin du bureau de Derek, afin qu'aucun des deux hommes ne puisse m'ignorer.

— Vous étiez à la lecture du testament hier, n'est-ce pas?

Derek but lentement une gorgée de café.

— Je n'étais pas invité, mais Brad, oui.

Il ne semblait pas très content à ce sujet, mais je

n'avais pas le temps de déballer les sentiments de Derek alors qu'il y avait encore tant de choses à apprendre au sujet des Fulton.

Je fixai le regard sur Brad et j'essayai de me montrer intéressée par le sujet sans encourager aucune séduction de sa part.

— J'ai entendu les choses les plus folles. Qu'est-il arrivé ?

Il tourna sur sa chaise avec un petit sourire satisfait.

— Eh bien, il y avait cette secrétaire canon qui a été électrocutée et qu'il a fallu conduire à l'hôpital en urgence.

À l'époque où je n'étais pas détective, soit je l'aurais giflé en sachant très bien que je pouvais perdre mon travail, soit je serais partie en trombe sans jeter un regard en arrière. Brad m'avait invitée à sortir une fois ou deux ou quelques douzaines, et j'avais systématiquement dit non. J'allais éternellement dire non, c'était une certitude sur laquelle je pouvais parier ma vie.

De plus, il me traitait régulièrement de secrétaire du cabinet, alors j'étais plus qu'ennuyée. J'étais assistante juridique. Le fait que j'apportais souvent le café à tout le monde n'y changeait rien. En outre, j'étais à peu près certaine que Brad ne s'en était sorti en école de droit que grâce au réseau de son père. Tout ce que j'avais comme carrière — bien que ce n'était pas grand-chose — venait de mon propre mérite.

Je me forçai à sourire.

— Après ça, je veux dire.

Même si je le trouvais vicieux, je pouvais compter sur Brad pour avoir envie de m'impressionner. Cela signifiait qu'il avait peut-être la langue plus déliée que certains des avocats à la bouche cousue. Et je comptais précisément là-dessus.

Il s'éclaircit la gorge et ajusta sa cravate, se redressant sur sa chaise en révélant :

— La vieille dame a presque tout légué à son chat. Et une femme a complètement perdu son calme en l'apprenant.

Oh, voilà qui était intéressant !

— Quelle femme ? dis-je en levant un sourcil avec curiosité.

Il grimaça.

— Elle était petite, les cheveux gris, assez mal fagotée. Je crois que c'était la nièce ?

Hmm, cela ressemblait beaucoup à la personne qu'Octo-Chat et moi avions trouvée la veille dans la propriété d'Ethel.

— Qu'a-t-elle fait en l'apprenant ?

— Elle a commencé à crier toutes sortes de

grossièretés, a dit qu'elle avait beaucoup veillé sur Ethel pendant des années alors que tout ce que faisait le chat, c'était attraper quelques souris et faire caca dans une boîte. Elle a dit qu'elle méritait cet argent.

Je ris en me promettant de retenir l'insulte que je pouvais livrer à Octo-Chat plus tard.

— Et qu'ont dit tous les autres ?

— En gros, de rester à sa place. Elle s'est assise en silence assez rapidement, puis elle est sortie à toute vitesse quand c'était terminé.

Je gloussai en essayant d'imaginer le fiasco.

— On dirait que j'ai raté un vrai spectacle.

Brad sauta de sa chaise et leva son col d'une façon qu'il pensait certainement être sexy, mais que je trouvais ridicule et clownesque.

— Je serais heureux de te faire un récapitulatif au cours d'un dîner.

Je bâillai en secouant la tête.

— Merci, mais non.

Il haussa les épaules pour ignorer la blessure à son égo. Je commençais à croire qu'il avait des pouvoirs de guérison hallucinants comme Wolverine ou la pom-pom girl de *Heroes*. Rien ne semblait le perturber longtemps.

— Je vous vois plus tard, dis-je en hochant poliment la tête vers Derek, que j'avais toujours bien plus apprécié que Brad.

D'un autre côté, j'appréciais tous les gens du bureau plus que Brad. Sauf peut-être Bethany. Ces deux-là étaient sans doute à égalité pour la dernière place sur ma liste des collègues préférés.

Si elle n'avait pas de liaison avec M. Fulton, elle pouvait envisager Brad comme un prétendant potentiel à la place. Je voulais vraiment qu'il me lâche, mais je n'étais pas certaine que ça vaille le cauchemar d'une potentielle alliance entre eux.

Quand je repassai par l'accueil, je remarquai que tous les gobelets de café avaient été récupérés pendant que je bavardais avec Brad et Derek. Soit quelqu'un était trop impatient et avait servi tout le monde, soit M. Fulton était bien là et il se cachait volontairement de sa femme.

J'inspirai profondément avant d'aller voir à son bureau. Personne ne répondit quand je frappai à la porte, mais elle n'avait pas été entièrement fermée, alors j'entrai lentement. Je savais que ce n'était pas bien de fouiner, mais ce n'était pas bien d'assassiner non plus... et il fallait au moins que j'essaie de livrer le coupable à la justice.

Après mon étrange rencontre avec M. Fulton d'abord, puis avec sa femme, je commençai à soupçonner que mon gentil patron puisse avoir du sang sur les mains, ce qui rendait mon petit cambriolage encore plus risqué.

J'avançai lentement, prête à fuir au moindre signe de danger ou au retour de M. Fulton. Au début, tout sembla normal, mais un morceau de tissu violet vif attira alors mon regard sous le bureau. En reculant la chaise, je me penchai pour l'examiner de plus près.

Et je me retrouvai nez à nez avec un soutien-gorge en soie et dentelle. Il était bien plus chic que ce que j'aurais porté et trop sexy pour Diane. Est-ce que ça voulait dire... ?

Je ne voulais pas imaginer le pire au sujet de mon patron, mais je commençais déjà à le soupçonner de meurtre. En comparaison, l'adultère n'était pas tellement tiré par les cheveux.

Il était facile de coller toute l'affaire sur le dos du suspect le plus évident et le plus immédiat, mais j'avais des difficultés à imaginer mon patron préféré comme étant le tueur d'une gentille vieille dame à chat.

Ce n'était pas logique. Il avait toujours paru si gentil, même, et peut-être particulièrement, pour un avocat. Était-ce une ruse pour nous donner la fausse impression qu'il n'était pas coupable ?

Mais pourquoi maintenant ?

Pourquoi aurait-il tué sa tante? Était-ce froid et calculateur, ou plutôt une histoire de passion? J'avais l'impression que glisser du poison dans le dîner de quelqu'un était une chose que l'on planifiait. S'il avait vraiment fait cette chose terrible — s'il l'avait effectuée lentement et sûrement — alors pourquoi semblait-il si perturbé maintenant?

Je n'arrivais pas à comprendre, mais une chose était certaine : il me fallait sortir d'ici avant d'être prise sur le fait avec cette nouvelle preuve. Bien sûr, ce que cela prouvait restait à voir, mais la vérité allait bientôt éclater.

Oui, même si je devais l'y forcer.

CHAPITRE 11

Je ne vis pas M. Fulton pendant le reste de la journée, ce qui ne fit qu'augmenter mes soupçons. Diane appela juste avant la fin de ma journée de travail et je détestais la décevoir par mon absence de nouvelles.

Pendant le trajet de retour, je baissai ma vitre et je laissai l'air frais de l'océan envahir ma voiture. C'était assez agréable de conduire sans griffes enfoncées dans mes cuisses, pour changer. Et en parlant de griffes, j'espérais vraiment qu'Octo-Chat n'ait pas causé de désastre chez moi pendant que j'étais au travail.

Quelques courtes minutes plus tard, je me garai dans le parking en gravier de ma maison de location, j'inspirai autant d'air frais que possible, et j'entrai en m'attendant au pire.

Octo-Chat me salua à la porte en se frottant contre ma jambe et en agitant la queue.

— Tu es partie une éternité !

J'hésitai à me pencher pour le caresser, mais je ne voulais pas gâcher son humeur juste après être rentrée.

— À peine plus longtemps que mes horaires habituels de neuf à cinq. Pas une éternité, expliquai-je.

— Neuf à cinq heures ? On dirait une peine d'emprisonnement.

Il n'avait pas tort, je voulais bien lui concéder ce point.

— Oui, eh bien, ce n'est pas tout à fait faux, avouai-je en soupirant avec lassitude.

— Dans ce cas, pourquoi y vas-tu ?

Il s'assit et m'examina sans siffler, sans agiter la queue, sans témoigner son déplaisir. Avait-il été échangé avec un autre chat pendant mon absence ? Ceci n'était certainement pas le chat grognon que j'avais appris à connaître et à détester.

Je frottai le pouce et l'index.

— C'est tout pour le flouze, bébé. Alors ? Est-ce que je t'ai manqué ?

Je ne voulais pas risquer de le transformer en

version tigrée de Grumpy Cat, mais il fallait que je le sache.

Il haussa les épaules.

— J'aime savoir que tu n'es pas loin. Tu sais, au cas où j'aurais besoin d'Évian fraîche ou d'aide avec une boule de poils particulièrement tenace.

Cela me fit rire.

— Heureusement que tu as survécu.

Il sourit comme... eh bien, comme le chat du Cheshire, puis il m'informa :

— En parlant de ça, c'est l'heure de mon souper.

Je lui fis un salut militaire et me dirigeai vers la cuisine. Après avoir déposé une portion de pâtée et rempli un bol d'Évian, je lui dis alors que c'était un bon chat, comme il m'avait demandé de le faire le matin même.

Quand il eut terminé son repas du soir, il sauta sur le comptoir et dit :

— Bien. Tu peux me caresser maintenant.

— Euh, d'accord.

Cela me parut étrangement intime de passer les doigts dans sa fourrure marron et noire et de le caresser du haut de la tête jusqu'en bas de la queue. Ce fut encore plus étrange de l'entendre ronronner.

— Avec plaisir, dit-il après quelques caresses supplémentaires. Je sais que tu as envie de le faire depuis un moment, et — *hé* — tu l'as mérité. Mais s'il te plaît, arrête maintenant, sinon je te mords.

Je reculai ma main plus vite que je ne pouvais dire « pitié, pas ça ! » puis je le dis quand même.

Octo-Chat sauta à nouveau sur le sol et me guida vers le salon où ma télévision était toujours allumée sur la chaîne pour enfants que j'avais sélectionnée pour lui.

— As-tu appris beaucoup de choses aujourd'hui ? demandai-je avec un sourire en coin.

Il bâilla et hocha la tête.

— Entre deux siestes, oui.

— Ne veux-tu pas me poser des questions sur ma journée ?

J'étais impatiente d'apprendre ce qu'il pensait de l'étrange comportement de M. Fulton et de son apparente disparition.

— Cette idée ne m'était pas venue, avoua-t-il avec un autre bâillement. De plus, j'ai encore tant de choses à te raconter sur la mienne.

— Oh, je suis désolée. Vas-y, je t'en prie.

Je m'installai sur le canapé et je lui fis signe de me régaler des nombreux événements ayant rempli sa journée. Je lui devais bien ça, puisqu'il avait réussi à ne pas démolir tout ce que je possédais au cours d'une espèce de caprice irrationnel.

Il sauta sur la table basse et fit les cent pas dessus en parlant rapidement pour décrire sa journée.

— D'abord, je me suis réveillé en ayant faim, comme souvent. Il m'a fallu un moment pour te sortir du lit et encore plus longtemps pour t'apprendre comment me servir correctement mon repas matinal. En tout, tu mérites un C pour ton effort. Médiocre, rien de spécial.

— D'accord, super. Pouvons-nous avancer un peu s'il te plaît ? demandai-je d'un ton irrité.

Je n'avais encore jamais rencontré quelqu'un qui pouvait faire volte-face aussi vite. D'abord il m'accueillait affectueusement à la porte, l'instant d'après il recommençait à m'insulter. Cette incohérence semblait être un élément de base de son caractère. Au moins, je pouvais lui faire confiance pour me dire exactement ce qu'il pensait. Cela devait bien compter pour quelque chose, particulièrement quand il s'agissait de résoudre une affaire de meurtre.

Octo-Chat continua à faire des allers-retours, parlant en rythme avec ses pas rapides :

— Quand tu es partie, j'ai regardé la fillette du dessin animé résoudre des mystères en utilisant des objets de son sac à dos. Il nous faudrait vraiment acheter un sac à dos pour nous aider avec notre affaire. Oh, et une carte.

Je gloussai, ce qui fut apparemment la mauvaise réaction.

— Je suis très sérieux, là, dit-il en transperçant mes yeux bleus de ses yeux ambrés. J'ai aussi appris qu'il y avait des ananas sous l'eau et d'autres bizarreries du monde humain. Je comprends votre langage un peu mieux, mais vous en tant qu'espèce, beaucoup moins. Pourquoi diffuser des émissions au sujet d'une éponge de mer et de son escargot domestique? Pourquoi ne pas vous concentrer sur votre propre espèce, ou au moins une espèce supérieure comme le *felis catus*?

— Euh, je n'ai pas vraiment de réponse. Les gens font des choses bizarres tout le temps, comme commettre des meurtres ou avoir des liaisons. Tu ne croiras jamais ce que j'ai découvert aujourd'hui au travail.

— Oh, je suis certain de te croire. Vous autres humains, vous êtes également assez prévisibles, m'informa-t-il en posant son derrière sur la table basse et en agitant la queue d'un air menaçant. Mais d'abord, je dois te parler du reste de ma journée.

Il y en avait *plus*? Que pouvait-il bien y avoir d'autre?

Il ne me tardait pas d'avoir une description détaillée de tous les dessins animés qu'il avait regardés ce jour-là, particulièrement pas alors que nous avions parlé de choses bien plus importantes. Malgré tout, il semblait vouloir toute mon attention, alors je m'enfonçai dans les coussins du canapé et je lui fis signe de poursuivre.

— Au début j'ai essayé de faire la sieste sur le dossier du canapé, mais il était plein de bosses. Après avoir fouillé la demeure, j'ai trouvé l'endroit parfait où un rayon de lumière tombait sur la moquette et la réchauffait agréablement. J'y ai fait une sieste d'environ une heure avant que le soleil bouge, rendant l'endroit insatisfaisant.

Il attendit une réaction de ma part, alors je choisis :

— Bien sûr.

Content, il poursuivit :

— Puis je suis allé dans ta chambre et j'ai trouvé que le duvet était enroulé de façon agréable, j'ai pu y faire une sorte de nid. Malheureusement, je n'ai pas pu descendre à temps quand je me suis réveillé avec une boule de poils en travers de la gorge. Il vaudra mieux que tu fasses une lessive avant d'aller te coucher.

Il avait vomi sur mon duvet? Dégoûtant. Au moins, il me l'avait dit au lieu de me laisser le découvrir par moi-même. Je devais apprécier les petits miracles.

— Quand tu es rentrée à la maison, tu m'as nourri, et cette fois tu t'en es beaucoup mieux sortie. Je te donnerais un A moins, je pense. Maintenant nous sommes ici. Comment la fin de la journée se déroulera reste à voir.

— On dirait que tu as eu une journée bien remplie, résumai-je d'un ton sarcastique.

Il me fit un clin d'œil, ne saisissant pas l'humour.

— Oui, c'était une bonne journée, tout compte fait.

J'hésitai à lui demander ce qu'il voulait dire par là, mais je décidai de ne pas m'aventurer dans une autre longue conversation au sujet des subtilités de la vie quotidienne d'un chat alors que nous devions encore parler de ce que j'avais découvert au travail.

— Puis-je te parler de la mienne?

— Ce sera difficile de faire mieux que ma journée, mais tu peux essayer.

J'avais l'impression que cela signifiait qu'il était content de moi, et pour une raison étrange, cela fit gonfler mon cœur de fierté. Comme Brad, je désirais sans doute l'affection de quelqu'un qui ne l'offrait pas facilement. La gentillesse d'Octo-Chat était comme une récompense que j'avais méritée pour bon comportement et je l'acceptai volontiers.

Sans trop entrer dans les détails — car je savais comme il était facile de perdre son attention —, je récapitulai les événements de ma journée, finissant par le soutien-gorge violet que j'avais découvert dans le bureau de M. Fulton.

Octo-Chat secoua la tête.

— Et les humains pensent que c'est nous qu'il faut castrer. Au moins nous ne faisons que des chatons, pas des problèmes.

J'étais d'accord avec lui là-dessus.

— Es-tu surpris que M. Fulton puisse avoir une liaison ?

— Pas vraiment, mais je ne le connais pas bien et je ne comprends pas vos mariages humains, de toute façon. Ces petits colliers que vous portez à vos doigts... c'est un peu comme avoir une micropuce, n'est-ce pas ? Vous pouvez essayer de vous enfuir, mais ils finissent toujours par vous retrouver et vous ramener à la maison. C'est frustrant.

— C'est quelque chose de ce genre, dis-je en essayant de cacher mon sourire. Penses-tu que M. Fulton aurait pu empoisonner Ethel ?

Octo-Chat réfléchit longuement.

— C'est celui avec les cheveux gris et le rembourrage supplémentaire, n'est-ce pas?

M. Fulton était mince et la plupart de ses cheveux étaient encore bruns. Quelque chose ne collait pas.

— Parles-tu de la femme que nous avons vue dans ta maison, hier?

— Oui! C'est M. Fulton, n'est-ce pas?

— Euh, non. C'était la nièce d'Ethel. Ne sais-tu vraiment pas distinguer les hommes des femmes?

— Je te l'ai dit, tous les humains sont pareils. Sais-tu différencier un chat mâle ou femelle juste en le regardant?

D'accord, il avait raison, je décidai donc d'être plus indulgente.

Il agita la queue en réfléchissant, puis il dit :

— Je suppose que tu ne peux pas décrire l'odeur de ce M. Fulton? Ce serait bien plus facile pour moi.

— Euh, non. Désolée.

Je secouai la tête pour effacer l'image mentale que j'eus de moi essayant discrètement de renifler mon patron.

Il haussa les épaules et commença à se laver.

Je m'affalai à nouveau dans le canapé et je soupirai, chose que je faisais beaucoup ces derniers temps.

— Je suppose que dans ce cas, rien de ce que je te

raconte n'a de valeur, parce que tu ne sais même pas de qui je parle. Comment pouvons-nous résoudre cette affaire si nous ne pouvons même pas correctement communiquer l'un avec l'autre?

Obtenir la capacité de parler aux animaux sans pouvoir utiliser ce don pour accomplir quoi que ce soit me semblait une plaisanterie cruelle. Quelqu'un au-dessus de nos têtes devait bien se moquer de nous.

— Tu pourrais me prendre au travail avec toi, hasarda Octo-Chat avec un sourire rusé.

— Hors de question. Je t'ai déjà dit pourquoi ça ne peut pas fonctionner.

Je ne savais toujours pas pourquoi il voulait tellement se rendre au travail, mais c'était un point sur lequel je refusais de céder.

Il prit un air blasé en suggérant :

— D'accord, alors que penses-tu de la veillée funèbre demain?

Je me redressai subitement.

— Une veillée? Comme ce qu'ils font avant les enterrements?

— C'est ce que j'ai compris. Les humains en ont parlé hier, entre le moment où tu es partie et celui où tu es revenue.

Il faisait référence à mon trajet à l'hôpital. Apparemment, personne ne s'était particulièrement inquiété que je frôle la mort, pas même mon nouvel ami, le chat parlant. J'essayai de ne pas être vexée, mais bon sang. J'aurais cru que quelqu'un au moins se serait inquiété après un tel spectacle.

— Je ne sais pas comment, lui dis-je en me forçant à me concentrer une fois de plus sur l'affaire en cours. Mais oui. Je vais trouver un moyen de te prendre avec moi. Comme le tueur est quelqu'un qu'Ethel connaissait assez bien pour l'inviter à dîner, alors il viendra certainement. Nous devons nous y rendre également.

— J'espérais que tu dises cela, affirma-t-il avec un clin d'œil. Maintenant, si tu veux bien m'excuser, je dois aller faire un tour aux toilettes pour chats.

CHAPITRE 12

L e lendemain, je quittai discrètement le travail plus tôt afin qu'Octo-Chat et moi puissions nous préparer à la veillée qui avait lieu en début de soirée. M. Fulton ne vint pas au bureau de toute la journée, ce qui ne facilita pas mon enquête concernant son mobile et ses moyens de commettre le meurtre. Cependant, plus il restait absent, plus il devenait suspect.

D'une façon ou d'une autre, j'allais devoir en apprendre plus. Pouvais-je m'inviter chez lui pour rendre visite à Diane? Ou bien la veillée allait-elle révéler tout ce que j'avais besoin de savoir? J'espérais que ce soit le cas.

Savoir qu'il y avait un tueur en liberté — et que c'était sans doute quelqu'un que je connaissais personnellement — avait commencé à rogner sur mon sommeil. Si l'on ajoutait à cela les réveils très matinaux d'Octo-Chat, j'étais pratiquement déjà un zombie. *Gloups !*

Comme nous n'avions pas assez de preuves pour porter l'affaire à la police, j'allais simplement devoir boire beaucoup, beaucoup plus de café, ce qui était assez cruellement ironique si l'on pensait à la façon dont j'avais acquis ma capacité à parler aux animaux. J'essayai de ne pas trop m'attarder sur mon expérience de mort imminente, étant donné qu'il n'y avait rien d'*imminent* dans la mort d'Ethel Fulton.

En chemin vers la maison, je m'arrêtai dans une friperie solidaire pour me trouver une tenue de deuil acceptable. Je trouvai également un très grand sac à bandoulière que je choisis pour l'utiliser le soir même. Même si son style en osier marron et noir évoquait un peu un sac de plage, il allait parfaitement cacher la silhouette poilue d'Octo-Chat, me permettant ainsi de le faire entrer et sortir de la maison funéraire en toute discrétion.

— Il sent mauvais, me dit-il en agitant la queue quand je lui présentai mon idée, peu de temps après.

Même si j'avais su que le sac d'occasion n'allait pas être facile à vendre à mon ami félin pourri gâté, je fronçai les sourcils de déception.

— Sauf si tu as une meilleure idée, j'ai peur que nous soyons coincés.

— J'ai été invité à la lecture du testament. Pourquoi ne suis-je pas invité cette fois?

Sa lèvre supérieure trembla et il laissa échapper un bruit de miaulement faible et pitoyable. Je me sentis mal pour lui alors que son ego pouvait bien être rabaissé un petit peu.

— Écoute, ce n'est pas moi qui ai dicté les règles, expliquai-je. C'est une veillée publique, ce qui signifie qu'à peu près tout le monde qui en a envie est bienvenu, mais j'ai peur que nous soyons refoulés si j'arrive avec toi en évidence. Désolé, c'est juste ainsi que la plupart des gens réagiraient à un chat apparaissant dans un lieu public. Particulièrement si tu es encore tout paniqué à cause du trajet en voiture.

Et maintenant, je l'avais mis en colère. Enfin, je supposai que la colère valait mieux que la tristesse.

— Tu as dit que je m'améliorais, me rappela-t-il avec un grognement.

D'accord, oui, j'avais effectivement affirmé ça au retour de la propriété d'Ethel, quelques soirs auparavant, mais ça n'avait été qu'un petit mensonge poli pour qu'il se sente mieux.

— Oui, c'est vrai, dis-je en ne souhaitant pas

prendre le temps d'expliquer les subtilités de la bien-séance humaine alors que l'heure tournait.

Je laissai bouder mon ami félin pendant que je me changeais rapidement, enfilant ma nouvelle tenue. Sarcastique ou pas, Bethany avait eu entièrement raison au sujet des friperies caritatives : c'était un très bon endroit pour trouver des vêtements adaptés à mon budget. Cette nouvelle robe noire descendait juste au-dessous de mes genoux et elle pouvait très facilement être réutilisée pour un cocktail ou un enterrement.

— Allons-y, dis-je en retraversant le salon et en indiquant le véhicule en osier que j'avais acheté exprès pour cette mission.

Les yeux d'Octo-Chat s'écarquillèrent d'horreur.

— Je ne dois quand même pas y entrer mainte-nant ? Ne puis-je pas au moins attendre que nous atteignions la maison funéraire ?

— Non, je ne veux prendre aucun risque.

Je posai une main sur ma hanche et j'utilisai l'autre pour tenir le sac grand ouvert.

— Maintenant, entre !

Il siffla et grogna, mais il finit par obéir.

— Gentil minou, dis-je.

Un autre sifflement sortit du sac.

— Je t'ai déjà avertie à ce sujet.

— Oui, murmurai-je en tournant le verrou de la porte d'entrée après l'avoir fermée derrière moi. Mais tu as déjà vomi une fois sur mon lit, alors j'ai pensé que je méritais cette fois-ci.

— Tu as mal pensé, dit-il en sortant la tête du sac pour me jeter un regard noir.

Je ris en posant mon sac pour chat improvisé sur le plancher du côté passager, et nous voilà partis. Il essaya une ou deux fois de fuir le sac pour venir se mettre en sécurité sur mes genoux, mais je parvins chaque fois à le convaincre de retourner dans sa cachette.

— Je te déteste tellement, grogna Octo-Chat quand nous arrivâmes enfin.

— Chut. Personne ne doit savoir que tu es ici.

Heureusement, le tissage du sac lui donnait un peu de visibilité sans révéler sa silhouette cachée. J'avais très envie d'attraper le tueur, mais je trouvais aussi qu'Octo-Chat méritait de pouvoir rendre hommage à Ethel. Après tout, elle avait été une compagne exclusive pour lui pendant toute sa vie et je savais qu'elle lui manquait terriblement.

— Souviens-toi du plan, murmurai-je sans bouger les lèvres.

Depuis toutes ces années, mon talent caché était

peut-être la ventriloquie? J'allais devoir explorer cela plus en détail.

— Si tu vois — ou, *euh*, si tu sens — quelqu'un qui était présent au dîner, sors tes griffes du sac et tapote mon bras. Mais s'il te plaît, pense que c'est la seule fois que je te donne l'autorisation de me griffer.

— Compris. Maintenant, finissons-en. Cette chose sent vraiment très mauvais.

Il n'était pas le seul qui aurait préféré être à la maison, mais je devais apparemment être forte pour nous deux.

Je remontai le sac sur mon épaule et je m'avançai avec la confiance de quelqu'un qui n'avait pas caché un chat parlant dans son sac. Dès que nous entrâmes, un visage ridé familier se focalisa sur moi. Franche-ment, elle me filait la frousse, surtout après ce que Brad avait révélé au sujet de son caprice pendant la lecture du testament.

— Je vous reconnais, dis-je en avançant tout droit vers elle. Quel est votre nom, déjà?

Elle regarda autour d'elle avant de murmurer :

— Anne Fulton.

Octo-Chat choisit précisément ce moment-là pour enfoncer ses griffes dans la peau sensible sous mon bras.

— *Aïe*, criai-je avant de me rattraper, de glousser

nerveusement et de dire : aïe, j'ai oublié comment vous connaissiez Ethel.

— C'était ma tante, répondit Anne.

— Toutes mes condoléances, dis-je en baissant la tête et en m'éloignant vite fait. Je ne voulais surtout pas être piégée toute la soirée avec cette étrange femme caractérielle et cambrioleuse. D'un autre côté, moi aussi, j'étais toutes ces choses. Anne et moi avions peut-être plus en commun que je ne voulais l'admettre.

Le sac pesait lourdement sur mon épaule et je pensai qu'un régime n'aurait pas fait de mal à Octo-Chat et qu'un peu de sport aurait été bien pour moi. Nous passâmes maladroitement entre les invités en nous avançant vers le cercueil.

Là, Ethel Fulton était allongée sur un lit de soie rose, ses cheveux courts frisés en un halo parfait, son maquillage très exagéré, mais élégant. Je ne l'avais pas connue de son vivant, mais voir son corps sans vie exposé de cette façon me fit frissonner de tristesse.

Octo-Chat me griffa une deuxième fois et ce fut douloureux.

— Oui, sifflai-je doucement. Ethel était à sa propre soirée. Je sais.

Il émit un grognement grave avant de marmonner :

— Quelqu'un arrive derrière toi.

Je me retournai en résistant à l'envie de regarder mon bras à la recherche de petits trous sanglants et je me retrouvai nez à nez avec Diane qui portait un fourreau noir très simple avec une toque discrète.

— Oh, Angie, cria-t-elle en tombant dans mes bras avec une telle vitesse que le sac faillit tomber de mon épaule. Je suis tellement contente de voir un visage amical.

Elle s'accrocha longuement à moi en sanglotant et en partageant des histoires de tous les bons moments qu'elle avait passés avec Ethel.

— Quand j'étais jeune mariée, Ethel m'a prise sous son aile et m'a appris tout ce que j'avais besoin de savoir pour tenir un bon foyer et satisfaire mon mari.

Diane eut un autre sanglot hystérique.

— Oh, tu n'as pas le temps pour tout ça.

— Là, là, dis-je en la tapotant dans le dos et en priant pour qu'elle me laisse partir.

Elle se raidit dans mes bras et s'écarta comme si elle venait d'être brûlée… ou peut-être électrocutée.

Je me tournai pour voir ce qu'elle regardait et je vis M. Fulton qui se tenait dans l'entrée de la maison funéraire, avec Bethany près de lui.

— Je dois partir, sanglota Diane en fuyant la scène avant que je puisse l'arrêter.

Des images du soutien-gorge violet dans le bureau de M. Fulton dansèrent d'un air menaçant devant mes yeux. Maintenant que j'y réfléchissais un peu plus, cette chose avait semblé correspondre à la taille de Bethany. J'observai mon patron avec dégoût pendant qu'il posait la main au creux du dos de Bethany et qu'il la guidait vers le cercueil, faisant étalage de leur intimité devant tout le monde.

Oh, pauvre Diane!

Elle était venue faire ses adieux à une proche qu'elle aimait et à la place, son mari choisissait de l'humilier devant toute la communauté.

J'attendis près du cercueil en me demandant s'il allait essayer d'excuser leur comportement. Octo-Chat glissa ses griffes hors du sac et enfonça une fois de plus ses petits missiles pointus dans ma peau en me signalant que M. Fulton avait effectivement aussi été présent la nuit du meurtre.

Eh bien, nous connaissions maintenant l'identité de trois des cinq invités de ce soir-là. Octo-Chat avait déjà éliminé Anne pour nous et je savais qu'il était inutile de soupçonner Diane. Cela diminuait la liste de nos suspects à exactement trois personnes. Le coupable était M. Fulton ou l'un des mystérieux invités… et j'avais de plus en plus l'impression que c'était M. Fulton.

— Angie, dit-il avec un sourire triste en laissant tomber la main du dos de Bethany lorsqu'il s'approcha. Merci d'être venue lui rendre hommage.

Bethany hocha sèchement la tête, mais elle ne dit rien.

— C'était le moins que je puisse faire, dis-je sans savoir ce que je voulais dire.

Apparemment, mes paroles furent bien reçues.

— C'était une dame si spéciale, dit Fulton en soupirant. Presque comme une deuxième mère. J'ai beaucoup de mal à admettre qu'elle est partie.

Sa voix se brisa et Bethany lui tapota le bras pour le consoler. Cela me rendit de plus en plus furieuse.

Ils se tournèrent tous les deux pour regarder dans le cercueil et je m'excusai avant de pouvoir dire quelque chose que nous allions tous regretter. Octo-Chat me tapota encore le bras pendant que je fonçais à travers les autres personnes en direction de la porte, mais je ne remarquai même pas qui il voulait que je voie.

À ce stade, j'avais toutes les preuves dont j'avais besoin pour savoir que M. Fulton était coupable d'au moins deux crimes impardonnables.

CHAPITRE 13

Une main sur mon épaule m'arrêta avant que je puisse traverser le parking à toute vitesse. Je me retournai pour voir…

Bethany, justement.

— Que veux-tu? grognai-je en n'essayant même plus de cacher mon dégoût.

Ses cheveux blonds très fins ondulèrent dans le vent et elle pinça les lèvres pour former un petit arc. Je ne l'avais encore jamais vue aussi vulnérable — ni aussi féminine.

— Je voulais m'assurer que tu allais bien. Tu avais l'air prête à te sentir mal, là-bas. N'as-tu encore jamais vu un mort?

— J'en ai vu, crachai-je. Ce que je n'avais pas vu,

c'est mon patron exhibant sa liaison aux yeux de tout le monde et au pire moment possible, en plus.

Bethany poussa un petit cri et fit un pas en arrière.

— Une liaison ? Tu ne crois quand même pas...

— Que suis-je censée penser, sinon ? demandai-je en souhaitant véritablement qu'elle me trouve une autre réponse.

J'avais été assez contente de travailler pour Fulton, Thompson et Associés jusqu'à cette tournure des événements. Je n'allais plus jamais voir Fulton ou Bethany de la même façon, pas sans imaginer cet horrible soutien-gorge violet, la main de Fulton dans son dos et — ah oui — la mort d'une adorable vieille dame qui ne le méritait certainement pas.

Bethany fronça les sourcils et secoua la tête.

— Je pensais que tu me connaissais mieux que ça, maintenant, Angie.

On aurait presque dit qu'elle allait pleurer. Qui était cette femme frêle devant moi, et pourquoi était-elle soudain si différente du requin qui n'hésitait pas à dévorer qui que ce soit pour avancer dans sa carrière ?

— Je te connais à peine. Et je suppose que je ne connais pas non plus M. Fulton.

Je ris amèrement avant d'ajouter :

— Tu sais, vous avez très bien caché votre petit jeu. Je ne l'avais pas du tout imaginé jusqu'à ce que j'arrive en avance et que je vous découvre tous les deux au bureau. Et puis il y avait ce soutien-gorge…

— Un soutien-gorge ? demanda Bethany à voix haute avant de marmonner quelque chose que je n'entendis pas.

En sachant qu'elle avait été prise sur le fait, elle allait peut-être enfin commencer à me dire la vérité.

Je croisai les bras en plissant les yeux.

— Oui, ton soutien-gorge.

— Waouh.

Elle me fixa sans cligner des paupières.

— Juste, waouh.

— Tu as franchement pensé que personne n'allait jamais le découvrir ? Ce n'est pas parce que je suis assistante juridique que je suis moins intelligente que vous autres, les avocats si malins.

Je déversai tous mes griefs maintenant, toutes les choses que j'avais gardées pour moi pendant des semaines afin de créer un environnement de travail positif. La façon dont Bethany se contentait de me fixer avec une espèce de souffrance dans les yeux était toutefois perturbante. J'aurais presque préféré m'oc-cuper de Brad et de ses avances détestables.

Bethany donna un coup de pied frustré contre le

trottoir. Quand elle leva le regard vers moi, celui-ci était froid et inflexible.

— Oui, et ce n'est pas parce que tu es une femme que tu n'es pas terriblement sexiste en ce moment même. C'est une chose de le supporter de la part des hommes, mais de la tienne? Je m'attendais à mieux, Angie.

— Oh, ne me fais pas le coup du «je ne suis pas fâchée, je suis déçue.» Je l'ai déjà entendu un million de fois de la part de ma grand-mère. Et ne va pas rejeter la faute sur moi alors que c'est toi qui fréquentes un homme marié en douce... qui s'avère en plus être notre patron.

Elle écarta un peu les pieds comme si elle se préparait à un impact, plus elle énonça chaque mot en insistant :

— Je n'ai pas de liaison avec M. Fulton.

— Je ne sais pas, dis-je en haussant les épaules. Pourtant, vous aviez l'air très collés là-dedans.

Elle jeta pudiquement un regard par-dessus son épaule.

— C'est différent.

— Mais bien sûr.

Je fis un sourire en levant le pouce d'un air sarcastique. Normalement, je n'étais pas quelqu'un d'aussi agressif, mais pour une raison que j'ignorais, Bethany m'irritait tout particulièrement aujourd'hui. C'était une veillée et les émotions partaient déjà dans tous les sens.

— C'est vrai, insista-t-elle en serrant les dents. Tu ne comprends pas.

— Oh, je le comprends parfaitement, criai-je.

Il n'y avait rien que je détestais plus que la condescendance… enfin, sauf peut-être le meurtre et l'adultère.

— Non, cria-t-elle à son tour, puis elle baissa la voix. Et tu es en train de faire une scène.

Ce que Bethany ne comprenait pas, c'était que ça ne m'avait jamais gêné de me donner en spectacle. J'avais été élevée par une actrice de théâtre à la retraite, nom d'un chien ! Pour nous, faire une scène était quelque chose de bien, tant que ça ne nous attirait pas des ennuis.

Je vis que Bethany se préparait à mettre fin à notre échange, alors je décidai enfin de poser la question en or.

— Hé, c'est toi qui m'as empêchée de partir. Mais, d'accord, explique-moi ceci : si vous n'avez pas de liaison, que faites-vous ensemble ?

Elle serra les bras autour de son buste et fixa le sol en murmurant :

— Je ne peux pas te le dire. Du moins, pas encore.

— Comme c'est pratique, maugréai-je en secouant la tête.

Quand Bethany n'ajouta rien d'autre, je finis de traverser le parking à grands pas et je jetai mon sac sur le siège passager de ma voiture en oubliant momentanément qu'Octo-Chat était caché à l'intérieur. *Oups.*

— Ne te gêne pas ! cria-t-il après avoir fait le même bruit horrible qu'il utilise souvent pour me réveiller le matin. Il y en a parmi nous qui essaient de ne pas perdre inutilement leurs vies.

Malgré son irritation, il n'avait rien, c'était évident.

Mais moi ? J'étais si furieuse que mes mains tremblaient et que j'étais devenue écarlate. Il me fallait un moment pour me recentrer, mais Octo-Chat n'aimait pas que je l'ignore.

— Euh, hé ho, je te parle ! cria-t-il en me donnant un coup de patte sur le bras avec les griffes sorties, ce qui me mit encore plus en colère.

— Tu ne la fermes donc jamais ? hurlai-je à mon tour.

— Waouh, qui a troublé ta fête ?

— Tu n'utilises pas correctement l'expression, dis-je en fulminant encore après ma confrontation avec Bethany.

Je voulais simplement rentrer chez moi, mais je n'étais pas encore sûre de pouvoir conduire en toute sécurité.

Ma nuisance à rayures posa ses deux pattes avant sur ma jambe et se mit à masser le muscle en parlant.

— Elle est adaptée, pourtant. Maintenant que tu m'as entraîné dans toute cette histoire, tu peux au moins m'inclure. Que s'est-il passé tout à l'heure?

— Moi? Je t'ai entraîné, *toi*? Ce n'est pas ce dont je me rappelle.

— Pff, tu joues sur les mots.

Il agita la patte avec dédain et se rassit sur son siège.

— Qui a commencé quoi n'a aucune importance. Ce que je veux savoir, c'est pourquoi tu as été si énervée par une humaine qui n'était même pas présente ce soir-là. Ça ne t'intéresse pas de trouver le meurtrier d'Ethel?

Soudain, toute la combativité s'échappa de moi comme si Octo-Chat venait d'ouvrir un robinet. Peu importe que la liaison me scandalise, Octo-Chat se sentait évidemment bien plus mal que moi. Il avait perdu quelqu'un d'important pour lui et je faisais tout un cirque à sa veillée.

— Je suis désolée, murmurai-je en me sentant comme la pire amie au monde.

— Hé, ça va. Les humains sont un peu émotifs, parfois.

Il se lécha nonchalamment la patte avant d'ajouter :

— D'accord, souvent. Mais nous pouvons surmonter ça.

Ses paroles étaient étrangement réconfortantes et exactement ce dont j'avais besoin.

— D'accord, dis-je en laissant échapper un soupir tremblant. D'accord.

Octo-Chat hocha la tête.

— Il nous faut y retourner. Nous n'avons toujours pas trouvé toutes les personnes présentes ce soir-là.

— Je pense déjà savoir qui a tué Ethel, avouai-je. Tous les signes pointent vers M. Fulton. L'homme. Mon patron, clarifiai-je en remarquant qu'il ne semblait toujours pas comprendre.

Ce que mon compagnon félin dit ensuite me choqua par sa sagesse et sa profondeur.

— Écoute, dit-il. Ça pourrait très bien être lui, mais nous n'en aurons pas la certitude tant que nous n'avons pas éliminé les autres. C'est comme parfois tu peux croire que la pâtée au poulet est ton Gourmet préféré, mais le lendemain tu goûtes au mélange saumon et crevettes et il est encore meilleur que le poulet. Quand tu y réfléchis, tu avais peut-être un peu plus faim la première fois, ce qui a donné l'impression que le goût du poulet était particulièrement délicieux, ou alors tu as pensé à tort que le poulet était le meilleur seulement parce que tu n'avais pas encore goûté toutes les autres saveurs délicieuses. Comprends-tu ce que je te dis ?

Étrangement, c'était clair.

— Que M. Fulton pourrait être notre mélange de saumon et crevettes, ou qu'il peut simplement être la pâtée au poulet, mais que nous ne le saurons pas avant d'avoir terminé notre repas ?

— Exactement.

Il sembla briller de fierté, mais c'était peut-être seulement ses yeux qui scintillaient dans le soleil couchant.

— Ce repas ne fait que commencer, alors fais en sorte d'avoir de la place dans ton ventre.

— Merci, Octo-Chat. J'avais besoin de ça.

— Et j'aurais peut-être besoin que tu passes au magasin tout à l'heure et que tu achètes de la pâtée au poulet. Je sais, je sais. En général, je ne mange pas les goûts volaille, mais j'en ai soudain très envie.

Je le grattai derrière les oreilles.

— Tu es un bon chat.

— Et tu es une très bonne humaine. Oui, c'est ce que tu es, me dit-il d'une voix bébête qui nous fit sourire tous les deux. Maintenant, retournons à l'intérieur et voyons quelles autres personnes nous pouvons identifier.

CHAPITRE 14

ême si Octo-Chat m'avait convaincu de retourner dans la maison funéraire pour la veillée, nous étions trop en retard pour mener l'enquête intelligemment. Les amis et la famille proche étaient déjà partis pour une cérémonie privée, ne laissant que les connaissances lointaines et les curieux.

Je ne fus pas surprise de voir que Bethany était partie également, ce qui ne faisait que confirmer mes soupçons.

Octo-Chat et moi étions parmi les derniers, ce qui lui permit de sortir discrètement la tête du sac et de faire ses adieux à Ethel.

— Oh, Ethel, s'écria-t-il sans trace de sa théâtralité habituelle. Tu étais tout pour moi et tu ne le savais même pas. Je sais que nous avons eu nos désaccords de temps en temps, mais tu étais vraiment la meilleure chose qui me soit jamais arrivée. Le monde ne sera plus aussi lumineux sans toi. Je penserai toujours à toi en buvant de l'Évian ou en m'étirant dans un endroit ensoleillé. Je t'aime et je suis très heureux que tu aies été mon humaine.

J'eus les larmes aux yeux en écoutant ses adieux sincères.

— C'était très beau, lui dis-je en cherchant vainement des yeux une des boîtes de mouchoirs que j'avais aperçues plus tôt.

Il renifla en faisant frémir ses moustaches.

— Oui.

— Au fait, dis-je en le déposant dans le sac avec le plus grand soin. Elle savait l'importance qu'elle avait pour toi.

Il me répondit d'une voix étouffée :

— Comment peux-tu en être sûre ?

— Je le suis, c'est tout.

Après ça, nous rentrâmes à la maison et je m'arrêtai brièvement au supermarché afin d'acheter des crevettes pour le dîner. Contrairement à moi, Octo-Chat avait gardé son sang-froid. J'étais d'avis qu'il méritait une récompense. Comme il était impensable de préparer un bon repas sans en profiter également, j'en achetai assez pour moi aussi.

Octo-Chat ne mangea pas autant que d'habitude, ce qui m'inquiéta.

— Ton dîner te convient? demandai-je en examinant suspicieusement le morceau sur ma fourchette.

Était-il capable de percevoir quelque chose que je n'avais pas remarqué? Je repensai un instant à ma vaine tentative de détecter du poison en reniflant la vaisselle d'Ethel dans sa cuisine.

Il soupira.

— C'est juste qu'Ethel me manque.

— Bien sûr. Je suis vraiment désolée que tu aies dû la voir ainsi.

— C'est juste que...

Il renifla en agitant nerveusement les pattes sur la table.

— C'est juste que je pensais que nous allions être ensemble pour toujours. Puis elle a disparu d'un seul coup.

— La vie est ainsi, parfois, admis-je en n'ayant jamais ressenti ce genre de perte, mais en espérant néanmoins le réconforter un peu.

— Si tu veux, peut-être...

J'hésitai, dominée par un sentiment nouveau et très inattendu.

— Oui? demanda-t-il tristement quand je ne poursuivis pas.

— Peut-être que quand tout sera terminé, je ne sais pas...

Dis-le, c'est tout !

— Eh bien, je pourrais peut-être être ton humaine?

Il écarquilla les yeux de surprise, puis un ronronnement emplit le silence entre nous.

— Ça me plairait, dit-il. C'est mieux que de devoir former un nouvel humain.

Il baissa la tête et grignota la crevette la plus grosse et la plus appétissante que j'avais placée devant lui.

Maintenant qu'il était occupé, il ne pouvait pas voir les larmes qui s'accumulaient au coin de mes yeux.

Que pouvais-je dire de plus?

J'avais fini par m'attacher à ce chat grincheux au cours des derniers jours. J'étais peut-être quelqu'un qui aimait les chats, finalement.

e lendemain matin, je me réveillai avant qu'Octo-Chat puisse s'en charger… et étonnamment, je me sentais reposée et prête à commencer ma journée. J'étais même enthousiaste à l'idée de ce qui m'attendait. C'était un changement si brutal par rapport à ce que j'avais ressenti en me couchant que c'était forcément un cadeau du ciel.

Plutôt que de le remettre en question, je décidai de faire quelque chose de gentil, moi aussi.

— J'ai un cadeau pour toi, dis-je à Octo-Chat quand il eut terminé son petit-déjeuner.

— Pas un autre sac nauséabond, j'espère, se plaignit-il, mais je vis qu'il était enthousiaste.

Quelque chose dans le balancement de sa queue et dans sa façon de sautiller en me suivant vers la chambre suggérait qu'il était d'aussi bonne humeur que moi. Cela avait peut-être un rapport avec le lien que nous avions forgé au cours de notre repas de crevettes.

— Monte, lui dis-je en m'asseyant sur le lit et en fouillant ma table de chevet.

Il me rejoignit en montant sur mes genoux pour renifler dans le tiroir.

Quand j'eus sorti ce que je cherchais, il bondit en arrière.

— Qu'est-ce que cette chose? dit-il entre deux respirations rapides et paniquées.

— Ceci est mon iPad, expliquai-je en appuyant sur le bouton pour allumer l'écran avant de le poser sur le lit entre nous. Eh bien, à vrai dire, c'est maintenant le tien.

— Ça brille, commenta-t-il en le reniflant d'un air hésitant.

Je hochai la tête avec enthousiasme.

— Oui et je pense que tu aimeras vraiment ce que ça peut faire.

— *Ah bon?*

J'avais maintenant réussi à le captiver.

— Je suppose qu'Ethel n'en avait pas, dis-je en le présentant une fois de plus avec un geste exagéré.

Il secoua la tête pour confirmer cela.

— Eh bien, nous pouvons installer des applications pour que tu puisses jouer quand tu t'ennuies, comme un aquarium virtuel ou un clavier ou même la radio, et nous allons... La principale raison pour laquelle je te le donne, c'est pour FaceTime.

— FaceTime?

Il rit après avoir essayé de prononcer le nom à voix haute.

— Quelle drôle de mélange de mots.

— Oui, comme ils avaient déjà l'iPhone, ils ont dû trouver un autre nom pour cette appli. Regarde.

Je sortis mon téléphone de ma poche et j'appelai la tablette en utilisant FaceTime.

Octo-Chat remua la queue en me regardant répondre à l'appel.

— Waouh, murmura-t-il, admiratif, lorsque mon visage apparut à l'écran, suivi par le sien quand je pointai la caméra de mon téléphone vers lui.

— C'est cool, hein ? m'extasiai-je.

J'aimais apprendre de nouvelles choses aux autres tout autant que j'aimais apprendre moi-même.

— Qu'est-ce que ça peut faire de plus ? demanda-t-il en tournant en rond, tout excité, avant de se réinstaller devant l'iPad.

— Je sais que je te manque pendant que je suis au travail, alors je me suis dit que nous pouvions utiliser ce système pour nous parler, expliquai-je avec un sourire mielleux au cas où il avait prévu de me contredire.

Je fus agréablement surprise quand il ne le fit pas. Mon iPad faisait partie du réseau familial de Mamie, alors que mon téléphone était fourni par Fulton, Thompson et Associés, ce qui signifiait heureusement que j'avais deux numéros séparés. Auparavant, cela m'avait paru pénible, mais c'était très pratique maintenant que mon chat parlant avait besoin d'avoir sa propre ligne.

Je restai assise avec lui pendant environ une demi-heure à lui apprendre comment déverrouiller l'appareil, cliquer sur l'appli de FaceTime et appuyer sur ma photo pour m'appeler. Nous nous sommes aussi entraînés dans le cas où je l'appelais, afin qu'il puisse répondre en posant la patte sur l'écran.

Il s'en sortit très bien.

Qui avait dit qu'on ne pouvait pas éduquer les chats ?

Quand il me fallut partir pour le travail, Octo-Chat était agréablement occupé par une appli de carpes koïs qu'il avait choisie tout seul. Il ne jouait pas tout à fait comme il fallait à ce jeu, mais il s'amusait à donner des coups de patte aux poissons à l'écran.

Je le laissai donc faire et je me rendis au bureau afin de voir ce que je pouvais apprendre de plus.

Pas grand-chose, malheureusement. M. Thompson avait pris Derek au tribunal avec lui. Bethany refusait de me parler et je préférais généralement éviter Brad. Cela laissait quelques-uns des avocats les moins bavards, M. Fulton, et moi.

De son côté, mon patron semblait bien plus calme aujourd'hui qu'il ne l'avait été plus tôt dans la semaine. Je me demandai s'il s'était réconcilié avec Diane. Je me demandai également si Bethany lui avait parlé de notre échange animé de la veille dans le parking, mais si c'était le cas, il n'en montra rien.

Il s'approcha de mon bureau et s'éclaircit la gorge.

— Angie, dit-il avec la bouche pincée. J'ai besoin que tu travailles sur un projet spécial pour moi aujourd'hui.

Je levai la tête de mon clavier et j'acquiesçai.

— Bien sûr. Que puis-je faire ?

Il tapota les doigts sur le bord de mon bureau et nous regardâmes tous les deux sa main pendant qu'il parlait.

— J'ai besoin que tu cherches des précédents au sujet de testaments annulés parce que le garant ne jouissait pas de ses facultés mentales au moment de la signature. Quels étaient leurs arguments ? Qu'est-il arrivé à l'héritage une fois que le testament originel a été rejeté ? Combien de temps a-t-il fallu pour que les affaires soient réglées ?

Il marqua une pause, glissa les deux mains dans ses poches et jeta un coup d'œil par-dessus son épaule avant de continuer.

— Mais avant ça, pourrais-tu, euh, faire une rapide relecture d'une requête pour moi et l'envoyer par courrier? J'aimerais vraiment que ce soit expédié aujourd'hui, s'il te plaît.

— Oui, très bien, répondis-je sans hésiter.

Il fit un grand sourire.

— Fabuleux. Cela m'aidera beaucoup. J'envoie vite la requête par mail.

Il tourna les talons et repartit vers son bureau d'un pas un peu plus léger qu'à son arrivée.

Le document apparut dans ma messagerie à peine une minute plus tard. Curieuse, je cliquai pour télécharger la pièce jointe.

C'était une demande de divorce.

Son divorce avec Diane.

CHAPITRE 15

Après avoir vite lu la demande de divorce, je partis discrètement aux toilettes pour appeler Octo-Chat. Il fallut deux essais avant qu'il décroche, et quand il le fit, je ne vis rien à l'écran.

— Allô? dis-je, ne sachant pas si notre connexion était très stable.

— Allô, répondit-il d'une voix forte et claire et pleine de fierté. J'ai réussi!

Je fixai l'écran, toujours incapable de le voir.

— Pourquoi n'apparais-tu pas à l'écran?

— Je ne sais pas, me parvint sa réponse perplexe. Je veux dire, je suis assis en plein dessus!

Bon, cela expliquait beaucoup de choses. J'allais devoir gentiment lui rappeler comment fonctionnait la caméra. Pour l'instant, j'étais bien trop excitée par la nouvelle information que je souhaitais partager et je préférais ne pas tout gâcher en me lançant dans une longue discussion du bon usage de l'iPad par les chats.

Je baissai la voix afin que personne d'autre ne puisse m'entendre dans l'immeuble.

— M. Fulton demande le divorce. Il me fait également rechercher de vieilles affaires liées à l'annulation de testaments. Je pense qu'il pourrait être notre mélange crevettes et saumon, finalement.

— Qu'est-ce que ça veut dire ? demanda Octo-Chat sans la moindre trace d'ironie dans la voix.

Avait-il déjà oublié sa propre métaphore ?

— Hier, tu... *Laisse tomber.*

Je ne voulais pas me lancer là-dedans avec lui, pas alors que nous avions des choses bien plus importantes à nous dire. Pas alors que j'avais déjà un mal de tête énorme qui commençait à m'écraser le cerveau.

— Bon, grommelai-je en souhaitant que l'appel aboutisse à quelque chose. Que penses-tu que ça veut dire ?

Octo-Chat émit un long bâillement bruyant.

— Tu as raison, ça donne l'impression qu'il est coupable. M. Fulton, *mmm...* C'est lequel, déjà ?

Je soupirai et je me couvris la tête avec les mains. Je passai très vite au stade de la migraine.

— Je te le désignerai à l'enterrement, d'accord ? proposai-je en gémissant.

— D'accord.

Il bâilla encore avant de demander :

— C'est quand, déjà ?

Je commençais sérieusement à m'inquiéter. C'était comme si l'esprit de mon chat venait d'être effacé au cours de la nuit.

— Hé, *euh*, est-ce que ça va ?

— Je viens de me réveiller d'une sieste, alors je suis un peu perturbé, avoua-t-il avec un autre bâillement aigu. Et plus nous parlons, plus cet appareil devient chaud. Ça me donne très envie de dormir.

C'est ce qui arrive quand tu t'assieds sur ton iPad, pensai-je.

— D'accord, bon, je vais te laisser. Profite de ta sieste.

— Oh, je n'y manquerai pas, dit-il juste avant que je mette fin à l'appel.

Bon, ça n'avait rien accompli, sauf d'apprendre que FaceTime pouvait fonctionner en temps que moyen de communication si Octo-Chat s'entraînait un peu plus.

Je me lavai les mains et je sortis des toilettes.

M. Fulton attendait juste devant la porte.

— As-tu déjà terminé cette requête pour moi? demanda-t-il anxieusement.

— Presque, promis-je.

— Bien.

Il hocha la tête, mais il continua à froncer les sourcils.

— J'ai également besoin de ces recherches aussi vite que possible.

— Ça marche.

Il sembla vouloir dire autre chose, alors je restai sur place, un peu gênée, et j'attendis qu'il rassemble ses pensées.

M. Fulton fronça les sourcils en m'examinant, ce que j'essayai de ne pas prendre pour une insulte. Même si j'essayais de prouver qu'il était coupable de meurtre, j'étais quand même très douée dans mon travail d'assistante juridique.

— Je vais bientôt partir et j'ai l'intention de prendre demain et lundi pour régler des affaires personnelles, m'informa-t-il en hochant la tête d'un air hautain.

Des affaires, oui. Je faillis m'étrangler, mais je parvins à garder mon calme pour dire :

— D'accord, je vais mettre tout le reste de côté pour finir cela d'abord.

Enfin, son visage devint un peu moins mécontent et un peu plus neutre. Ce n'était toujours pas vraiment un sourire, mais c'était mieux que rien.

— Très bien. Merci, Angie. À la semaine prochaine.

Je l'observai pendant qu'il retournait à son bureau, puis il ferma et verrouilla la porte. Que pouvait-il bien cacher là-dedans? Et où allait-il pour ce long week-end?

J'hésitai brièvement à rappeler Octo-Chat, mais la pauvre boule de poils avait clairement besoin de se reposer. Malgré tout, il me fallait parler à quelqu'un, alors je pris un gros risque et je me dirigeai vers le bureau de Bethany, en espérant qu'assez de temps s'était écoulé et qu'elle veuille bien accepter de me parler.

Je frappai doucement à sa porte en regrettant de ne pas avoir de cadeau pour me faire pardonner. Pour l'instant, mes excuses allaient devoir suffire.

— Va-t'en, s'il te plaît, dit-elle sans ouvrir la porte.

— Je suis désolée pour hier, implorai-je à la porte en cerisier. J'espérais que nous puissions en parler.

La porte s'ouvrit brusquement pour révéler ma collègue toujours furieuse.

— Que reste-t-il à dire? demanda-t-elle avec une main sur la hanche et un rictus sur le visage.

— C'est juste que je m'inquiète pour toi et je voulais voir si tu avais besoin de parler.

Jusque-là, c'était vrai. Si elle fricotait avec un meurtrier, il fallait absolument qu'elle le sache. Même si Bethany m'énervait parfois, je préférais l'avoir dans mon équipe que contre moi.

— Non merci, répondit-elle en essayant de refermer la porte.

Je passai juste à temps le pied dans son bureau.

— S'il te plaît, donne-moi juste deux minutes, la suppliai-je.

— Très bien.

Elle recula jusqu'à la sécurité de son bureau et me lança des poignards avec les yeux.

Je fermai la porte derrière moi et je m'approchai lentement.

— Le temps passe, me rappela-t-elle en montrant son poignet, alors qu'elle n'avait jamais porté de montre depuis que je la connaissais.

— Écoute, je ne sais pas ce qu'il se passe entre M. Fulton et toi, mais je m'inquiète pour toi, commençai-je.

Elle soupira avec tant de force qu'elle fit bruisser des papiers sur son bureau.

— On ne va pas recommencer.

— Bethany, écoute-moi. J'ai des raisons de croire qu'il est dangereux.

Elle secoua la tête.

— C'est ridicule. M. Fulton est l'une des meilleures personnes que je connaisse.

— Il va quitter le bureau pendant quelques jours, lâchai-je.

C'était vraiment un comportement inhabituel. Normalement, il travaillait même le week-end et je voulais savoir ce qui avait changé cette semaine.

— Savons-nous pourquoi?

— Je ne sais pas... peut-être pour faire son deuil? Pourquoi ne laisses-tu pas ce pauvre homme tranquille? Et laisse-moi tranquille aussi, d'ailleurs. Ton temps est écoulé, au fait.

— Quoi? Mais nous n'avons presque rien dit, protestai-je.

— Ceci est mon bureau, dit-elle en se levant de sa chaise et en marchant vers la porte. Je décide qui est bienvenu ou pas. Et en ce moment, tu ne l'es pas.

Abattue, je la suivis en traînant des pieds.

— Fais attention, d'accord? dis-je en arrivant dans le couloir.

— Mais oui, bien sûr.

Elle fit une grimace en hésitant, la main sur la

poignée de sa porte. Elle ne m'avait pas encore rejetée, pas tout à fait.

Bethany se mordit la lèvre et m'examina pendant un moment avant de suggérer :

— Je pense que tu devrais parler à Brad de ce soutien-gorge que tu as mentionné hier. Je l'ai entendu se vanter auprès de Derek d'une conquête après les heures de bureau, et enfin... je suis certaine qu'il sera ravi de te raconter le reste.

Elle me ferma la porte au nez... un peu plus doucement cette fois : il y avait du progrès. Choisissant de suivre ses conseils, je me dirigeai donc vers le bureau de Brad.

Je détestais que Derek ne soit pas là pour nous servir de tampon aujourd'hui. En général, c'était le seul qui savait contenir Brad. Malgré tout, j'avais besoin de réponses et il me les fallait le plus vite possible.

— Que se passe-t-il, poupée ? demanda-t-il quand je refermai la porte derrière moi.

— Poupée ? Vraiment ?

Je frissonnai. Tout d'abord, ce terme affectueux datait d'au moins huit décennies, et deuxièmement, il n'était pas du tout approprié au travail.

— Quoi ? Tu préfères callipyge ?

Il jeta un regard appuyé vers mon derrière et écar

quilla les yeux avec ce que je supposai être de l'admiration. *Dégoûtant.*

— Ce que je veux, c'est que tu m'appelles par mon nom et seulement mon nom, grognai-je en me retenant de le gifler… au moins le temps d'obtenir l'information que j'étais venue chercher. C'est Angie, au fait, rappelai-je.

— D'accord, Angie, dit-il de façon appuyée en ricanant. Que puis-je faire pour toi?

Je décidai de simplement cracher le morceau afin de passer le moins de temps possible avec ce futur procès pour harcèlement sur pattes.

— Que sais-tu au sujet d'un soutien-gorge en soie violette que j'ai trouvé dans le bureau de M. Fulton, hier?

Son sourire s'élargit jusqu'à en être écœurant.

— Tu as entendu parler de ça, hein?

— Je l'ai *vu*, dis-je en frissonnant encore de dégoût.

Il rit.

— Ooh, ne sois pas jalouse. Il y a largement assez de Brad pour tout le monde.

— C'était donc le tien, crachai-je.

— Pas le mien, mais…

Il me fit un sourire pervers en cherchant à formuler la chose.

— Celui d'une amie, finit-il par choisir.

— Si c'était à ton amie, pourquoi se trouvait-il dans le bureau de M. Fulton ?

Il haussa les épaules d'un air nonchalant.

— Mon amie a peut-être pensé que j'étais associé adjoint du cabinet.

— Et pourquoi aurait-elle pensé cela ?

Il soupira et secoua la tête.

— Allez, Angie. Dois-je vraiment tout t'expliquer ?

Beurk, beurk, beurk.

— M. Fulton est-il au courant ?

Il s'éclaircit la gorge.

— Bien sûr que non. Crois-tu que je veuille être suspendu ?

— Non, mais tu le mérites. Pire, même, sifflai-je en lui jetant un dernier regard assassin avant de sortir en trombe de son bureau.

Enfin, le cabinet avait assez de raisons pour renvoyer Brad. Peu importe que son père soit influent et respecté. Brad était facilement le pire pervers que j'avais rencontré. Il aurait dû être viré depuis des mois pour harcèlement sexuel. D'un autre côté, il était possible que Thompson et Fulton ne soient pas au courant, puisque Bethany et moi avions tendance à laisser son comportement dégoûtant se poursuivre sans rien dire.

Eh bien, c'était fini.

Je déboulai dans le bureau de Fulton en oubliant de frapper.

Je le trouvai au téléphone, parlant d'une voix rauque.

— Peu importe ce qu'il faut faire, grogna-t-il. Je veux que ça reste caché. Au moins jusqu'à ce que le divorce soit définitif.

Il croisa mon regard et son visage fut soudain plein de rage avant qu'il efface à nouveau toute expression. J'aurais dû tourner les talons et partir en courant, mais j'étais trop surprise pour oser bouger. C'était le stupide effet du lapin pris dans les phares d'une voiture.

— Je te parle plus tard, chuchota-t-il au téléphone, avant de tourner toute son attention vers moi et d'afficher le sourire le moins authentique qui soit. Angie, as-tu préparé ma requête ?

— Oui, laissez-moi juste aller la chercher, mentis-je avant de sortir de là à toute vitesse.

Le renvoi de Brad allait devoir attendre un jour de plus. Pour l'instant, je devais faire en sorte de ne pas être la suivante sur le billot. À choisir, je préférais garder ma tête plutôt que mon travail.

CHAPITRE 16

Heureusement, M. Fulton partit peu de temps après que je fasse venir le coursier : j'étais donc en sécurité pour le moment. J'allais cependant surveiller mes arrières avec appréhension jusqu'à ce qu'il se trouve derrière les barreaux.

Quand je parlai de l'appel que j'avais surpris à Octo-Chat, même lui dut admettre que M. Fulton devait être coupable du meurtre d'Ethel.

— Et s'il a déjà tué, ce sera plus facile pour lui de recommencer, ajouta-t-il.

Je frissonnai de peur.

— Tu as raison et je suis à peu près certaine qu'il sait que je suis au courant.

— D'après ce que tu me dis, tu as sans doute raison.

Octo-Chat frotta affectueusement sa tête contre mon bras, mais ça ne suffit pas à me rassurer. Soudain, chaque ombre persistante, chaque bruit inattendu se transformait en avertissement : mon patron venait me tuer parce que j'étais trop douée dans mon travail. D'un autre côté, j'étais censée être en train de chercher des précédents juridiques, pas des indices concernant un meurtre mystérieux.

— Nous devons sortir d'ici, dis-je en sentant monter la panique.

Octo-Chat me regarda avec ses grands yeux ambrés et hocha la tête d'un air compréhensif.

— Pour aller où ? La maison d'Ethel ?

— Surtout pas ! criai-je presque. Nous allons chez Mamie.

Je rassemblai précipitamment ses Gourmets, son Évian et sa litière fraîchement nettoyée en me sentant bien trop exposée dans ma propre maison.

— N'oublie pas mon iPad, me rappela-t-il en grattant à la porte de la chambre.

Il semblait bien moins effrayé que moi. Était-ce parce qu'il avait neuf vies à utiliser ? Quoi qu'il en soit, il n'avait pas vu l'air livide de M. Fulton quand il m'avait surprise en train d'écouter son appel. Si les regards pouvaient tuer...

Non, si je me concentrais trop sur ma peur, je n'allais pas être capable d'agir. Pour l'instant, je devais simplement me focaliser sur le fait de sortir d'ici. Ensuite, nous pouvions réfléchir au meilleur moyen de présenter notre affaire à la police locale. Mamie aurait peut-être de bonnes idées pour enjoliver nos preuves de manière à exclure certains détails, comme le fait que notre informateur principal était un chat parlant.

Moins de quinze minutes plus tard, Octo-Chat et moi débarquâmes devant la porte de Mamie avec nos sacs pour la nuit. Les petites villes et leurs trajets courts étaient une bénédiction.

— Angie ?

Ma grand-mère écarquilla les yeux quand elle me vit puis qu'elle aperçut le chat tigré à côté de moi.

— Quelle bonne surprise ! s'exclama-t-elle en nous faisant signe d'entrer et en me serrant dans ses bras. Elle ne me posa même pas de questions sur le chat que j'avais soudain acquis depuis notre dernière rencontre. Je me sentis très coupable de ne pas rendre visite plus souvent à ma grand-mère.

Elle nous conduisit vers le canapé et Octo-Chat

sauta immédiatement sur ses genoux en se mettant à ronronner.

— Elle me plaît, annonça-t-il. Elle me rappelle Ethel.

— Il t'apprécie, lui dis-je.

— Je l'aime aussi, s'extasia-t-elle. Est-il à toi ?

Aujourd'hui, elle portait un chemisier vert émeraude avec des pierres précieuses cousues à la main sur le col et cela lui allait parfaitement bien. Je regardai le jean et le tee-shirt que j'avais enfilés après le travail, me sentant soudain mal habillée pour notre visite. D'un autre côté, je n'étais jamais élégante si je me comparais à ma Mamie pleine de grâce et de talent.

Je secouai la tête et je fronçai les sourcils.

— *Non*. Enfin, peut-être. C'est une longue histoire.

— J'ai le temps. Raconte-moi ce qu'il se passe.

Elle continua à caresser Octo-Chat pendant qu'elle écoutait mon récit de terreur inattendue au travail.

Une fois que je commençai à parler, ce fut impossible de m'arrêter. C'était si agréable de tout raconter à quelqu'un qui faisait vraiment attention à ce que je disais, pour changer. Je la mis au courant de toutes les preuves contre M. Fulton et des accusations sans doute erronées contre Bethany. Maintenant que j'y réfléchissais, je lui devais vraiment des excuses. Des excuses sincères.

— On dirait quelque chose qui sort tout droit d'un script de Broadway, dit Mamie en résumant les choses de façon perspicace. Cependant, je ne comprends pas tout à fait comment tu as pensé à cette histoire de meurtre pour commencer.

Je jetai un coup d'œil à Octo-Chat.

— Tu ferais aussi bien de lui raconter, dit-il en quittant Mamie pour venir s'asseoir sur mes genoux. Tu peux me caresser, si ça t'aide, proposa-t-il généreusement.

— Merci, marmonnai-je.

— Merci pour quoi, ma chérie ? demanda Mamie avec un sourire.

Pourquoi hésitais-je ? Si je ne pouvais pas avoir confiance en ma grand-mère, la femme qui m'avait élevée, alors il ne me restait plus aucun espoir dans la vie. En outre, c'était certainement agréable de partager enfin mon secret avec quelqu'un d'autre qu'Octo-Chat.

J'inspirai profondément en enfonçant les doigts dans sa fourrure pendant que je me préparai à ma grande révélation.

— Tu te souviens que tu es venue me chercher à l'hôpital en début de semaine ?

Waouh, nous n'étions que jeudi alors qu'il s'était passé tant de choses au cours des derniers jours. Tout mon monde avait changé en un clin d'œil de chat.

Mamie hocha la tête.

— Tu as dit avoir subi un léger choc électrique. Y avait-il autre chose ? insista-t-elle en attrapant ses lunettes à double foyer afin d'examiner mon visage de plus près.

— C'était bien un choc électrique, cette partie est entièrement vraie. Ce que je ne t'ai pas dit, cependant...

Je me mordis la lèvre. Qu'allais-je faire si Mamie ne me croyait pas ?

— Vas-y, m'encouragea Octo-Chat. Elle pourra le supporter.

— Vas-y, dit également ma grand-mère.

Son front ridé se plissa d'inquiétude en attendant. Même si mon aveu me rendait nerveuse, je ne pouvais pas la laisser attendre ainsi.

— Je sais parler aux chats.

J'avais enfin lâché cette idée dans le monde.

Elle me regarda, puis Octo-Chat, et encore moi.

— Est-ce qu'il parle ? demanda-t-elle en réfléchissant à ma grande révélation pendant quelques secondes.

— Oui, il parle, dis-je en hochant la tête avec enthousiasme.

Me croyait-elle?

— C'est lui qui m'a parlé du meurtre d'Ethel. Elle était sa propriétaire et il a tout vu, poursuivis-je.

— Je suis vraiment désolée que ta propriétaire ait été assassinée de cette façon, dit-elle à Octo-Chat en tapotant ses genoux pour l'inviter à revenir vers elle. Puis-je faire quoi que ce soit pour t'aider?

Et voilà une des nombreuses raisons pour lesquelles j'aimais tant ma grand-mère. Elle ne remettait pas en question mon affirmation insensée. Elle croyait automatiquement ce que je lui disais. Nous avons tous besoin de quelqu'un comme Mamie à nos côtés.

Je fus très soulagée en comprenant que j'avais fait le bon choix en lui confiant mon secret.

— L'as-tu comprise? demandai-je à Octo-Chat.

— Oui, m'informa-t-il, puis il regarda Mamie et dit : merci pour vos condoléances.

— Oh, s'écria Mamie. Il me parle! Que voulait dire cet adorable petit miaulement?

Octo-Chat rayonna de pure joie. Apparemment,

Mamie avait le droit de l'adorer d'une façon qui ne m'était pas encore tout à fait permise.

— Il t'a remerciée pour tes condoléances, transmis-je.

— Quel petit gars bien élevé tu es, dit-elle en lui caressant le dos.

Octo-Chat semblait maintenant vivre au septième ciel et je ne voulais pas gâcher le moment pour eux en leur rappelant qu'en général, mon compagnon félin était extrêmement grossier.

— Je m'inquiète, Mamie, avouai-je. Je suis presque certaine que M. Fulton a empoisonné sa tante, mais la police ne croira sans doute pas l'histoire du chat informateur aussi facilement que toi.

— Tu n'as pas tort, dit-elle d'un air abattu.

— Que devons-nous faire, alors ? implorai-je. Je ne peux pas vraiment vivre le reste de ma vie en angoissant jusqu'à ce qu'il soit condamné, mais je ne peux pas non plus me rendre à la police avec ces informations. Même si je quittais mon travail et que je revenais vivre avec toi, cela ne garantirait toujours la sécurité de personne. Et ça ne vengerait pas non plus Ethel. De plus, que se passera-t-il si M. Fulton a l'intention de recommencer ?

Mamie et moi réfléchissions dans un silence relatif pendant qu'Octo-Chat ronronnait de contentement en recevant les attentions de ma grand-mère. Je méditai sur ma dernière question. Même si M. Fulton tuait à nouveau, étais-je la candidate la plus probable ? Il était bien plus logique que…

— Oh mon Dieu, Diane ! m'écriai-je soudain. Elle n'est pas au courant !

Bien sûr ! Si l'on additionnait le fait que M. Fulton avait dit vouloir cacher son sale petit secret jusqu'à la signature du divorce au fait même qu'il demandait le divorce, cela plaçait Diane Fulton dans la position de la victime la plus plausible.

Le divorce lui-même montrait déjà qu'il ne ressentait plus d'amour pour la future ex-madame Fulton. Et si elle le poussait dans ses retranchements pendant la procédure de divorce ? Et si elle était la suivante ? Elle ne savait pas du tout qu'elle était en danger…

Je sautai du canapé, souhaitant soudain désespérément rejoindre mon amie et m'assurer qu'elle allait bien.

— Attends un peu, jeune fille, dit Mamie en se levant et en posant une main sur mon épaule. Tu es venue ici parce que tu étais inquiète pour ta sécurité. Je ne vais pas te laisser partir tout droit vers la tanière du lion. Quelle que soit la source, tu as des preuves plutôt solides contre M. Fulton… et il semblerait bien qu'il le sache, en plus. Tu ne peux pas aller chez lui avec ces accusations.

Nous nous regardâmes dans les yeux. Son regard était suppliant pendant que le mien fixait un point sans cligner des paupières. Ceci était ma grand-mère, la personne qui m'aimait plus que tout au monde. Bien sûr, elle voulait seulement le mieux pour moi. Mais je ne pouvais pas attendre davantage en signant ainsi l'arrêt de mort de mon amie.

J'arrachai mon bras à Mamie.

— Je suis désolée, mais je n'ai pas le choix, criai-je, déjà en route vers la porte.

CHAPITRE 17

Je fus surprise quand Mamie n'essaya pas de m'arrêter. Bien moins surprenant était le fait qu'Octo-Chat semble penser qu'il allait m'accompagner. Une tache marron et floue fila le long de mes jambes pendant que je courais vers ma voiture.

— Allons-y, dit le chat avec un air déterminé que j'aurais trouvé comique dans un contexte moins sérieux.

— Tu ne viens pas, criai-je.

Je n'avais pas le temps. Et si j'arrivais trop tard pour prévenir Diane ?

— Maintenant, sors de mon chemin.

Il garda les yeux fermement rivés sur ma portière, attendant que je l'ouvre.

— Oh, je vois. Je n'ai le droit de venir que quand *tu* penses avoir besoin de moi.

— Exactement, grommelai-je. Et je n'ai pas besoin de toi pour ça. Rejoins Mamie et attends que je revienne.

Il agita vivement la queue d'avant en arrière en me regardant d'un air vexé.

— Tu es vraiment méchante, parfois. Le sais-tu ?

— Et tu es vraiment irritant tout le temps, rétorquai-je en le suppliant silencieusement d'abandonner la bataille.

Je ne voulais pas qu'il soit en danger, lui aussi. Malgré moi, j'avais fini par aimer cette petite plaie.

— Bref, dit-il avec un grognement en me regardant dans les yeux.

Quand je finis par ouvrir la portière, il bondit à l'intérieur malgré mes objections.

Je fis donc le pire que je pouvais imaginer. Je l'attrapai par la peau du cou et je le ramenai directement dans la maison.

— Lâche-moi, cria Octo-Chat en se balançant violemment, cherchant vainement à m'échapper. Ceci n'est pas acceptable !

Sans rien dire de plus, je le jetai dans la maison et je claquai la porte avant qu'il puisse reprendre ses esprits. Même si mon partenaire insolent allait me manquer, c'était mieux ainsi. De plus, si je le prenais avec moi, Diane pouvait suggérer que je le lui laisse. Je ne supportais pas l'idée de perdre mon nouvel ami... mais je savais aussi que je n'étais pas assez forte pour refuser si elle me le demandait.

Je ne savais toujours pas comment convaincre le côté non meurtrier de la famille Fulton de me laisser garder le chat, mais j'allais avoir le temps de le découvrir plus tard. Pour l'instant, il me fallait sauver Diane d'un sort similaire à celui d'Ethel.

Bien que nous n'allions sans doute plus beaucoup nous voir, étant donné le divorce et la probabilité que son ex finisse en prison, je me souciais quand même d'elle et je voulais qu'elle aille bien. En fin de compte, je ne souhaitais la mort de personne, pas même de Brad et surtout pas de la pauvre Diane qui avait déjà traversé tant d'épreuves.

Je lui devais au moins cela en l'honneur de notre amitié récente basée sur la téléréalité.

Je ne m'étais rendue qu'une seule fois à la maison des Fulton pour un repas partagé pendant les fêtes, mais je me souvenais toujours du lieu exact de leur grosse villa. Après tout, Blueberry Bay n'était pas une très grande région et notre ville de Glendale était encore plus petite.

Je me garai devant la façade en vinyle blanc qui

contrastait avec un immense jardin à l'avant, et je coupai le moteur. J'aurais peut-être dû annoncer mon arrivée en lui passant un coup de fil, mais je ne voulais pas prendre le risque d'alerter M. Fulton de ma venue avant d'avoir prévenu Diane au sujet des dangers qui rôdaient dans sa propre maison brisée.

J'avançai tout droit vers la porte d'entrée avec bien plus d'assurance que je n'en avais et j'essayai de tourner la poignée avant d'appuyer sur la sonnette pour m'annoncer. Bien sûr, comme nous étions dans une petite ville du Maine, la porte n'était pas verrouillée. J'entrai en espérant ne pas arriver trop tard.

À l'intérieur, la maison était sombre, car le crépuscule s'installait.

— Bonjour ? Diane ? criai-je en tâtonnant à la recherche d'un interrupteur que je ne trouvai pas.

J'avançai vers le salon, mais je me retournai brutalement quand j'entendis le plancher craquer à quelques pas derrière moi. Là, dans la lumière pâle d'une grande fenêtre se tenait une longue silhouette sombre avec les bras tendus au-dessus de la tête.

— Diane ? demandai-je en plissant les paupières et en priant pour qu'il s'agisse de mon amie et non de son mari.

Je n'eus pas le temps de découvrir ce qu'il en était, car…

CRAC!

Une terrible douleur irradia depuis mon front et avant que je comprenne ce qu'il se passait, je m'effondrai sur le sol, ayant une fois de plus perdu connaissance.

* * *

Quand je revins à moi, chaque centimètre de mon corps hurlait de douleur. Je regardai à ma gauche et je vis un énorme feu dans l'âtre à moins de trente centimètres de moi. C'était trop près. Ma peau avait déjà commencé à rougir à cause de la chaleur excessive. En luttant pour m'éloigner, je constatai que mes pieds et mes mains avaient été attachés ensemble devant moi.

— Tu penses pouvoir t'introduire dans la maison de n'importe qui? dit mon ravisseur d'une voix rauque en avançant dans la lumière.

Je m'attendais à voir M. Fulton devant moi, mais non. Ce n'était pas lui du tout.

C'était Diane, mon amie. *Mon assaillante? Quoi?*

— Diane, dis-je en respirant péniblement. C'est moi, Angie. Il nous faut sortir d'ici.

— Je sais qui tu es. Ce que je ne sais pas, c'est pourquoi il fallait que tu t'en mêles.

Le mépris dans ses yeux pendant qu'elle m'observait était si évident que j'arrivais à peine à reconnaître la femme aimable que j'étais venue à considérer comme une amie.

J'avais des pulsations de douleur dans la tête qui m'empêchaient de réfléchir correctement. Pourquoi agissait-elle ainsi? M. Fulton lui avait-il menti sur tout? Pensait-elle que j'étais responsable?

Je ne comprenais pas.

— Ethel a été assassinée! lui hurlai-je.

Ma gorge était douloureuse comme tout le reste, mais je m'en moquais.

— Nous devons le dire à quelqu'un.

Diane gémit et parcourut la pièce à la recherche de quelque chose.

— Ne fais pas de bruit, avertit-elle.

Il était possible qu'elle joue un rôle. Peut-être avait-elle peur également et essayait-elle de convaincre M. Fulton qu'elle était de son côté afin qu'il ne lui fasse pas de mal?

— Laisse-moi partir, la suppliai-je. Ce n'est pas trop tard. Nous pouvons aller au commissariat et…

Elle revint à toute vitesse vers moi et se pencha pour me regarder dans les yeux.

— Personne n'ira voir la police, dit-elle avec un chuchotement étrange avant de me gifler.

Quand cette nouvelle douleur me brûla la joue, je finis par voir la vérité sous mes yeux. M. Fulton n'avait jamais été coupable… ni du meurtre ni de ceci.

— C'était toi depuis le début, crachai-je.

Elle sourit d'un air diabolique et leva les yeux au ciel.

— *Évidemment.* Ne fais pas comme si tu n'étais pas au courant. Je m'étais dit que c'était le comble de la malchance quand tu t'es réveillée à la lecture du testament en parlant de meurtre. J'avais déjà entendu parler de médiums, mais je ne savais pas que tu en étais une.

— Tu penses que je suis médium? soufflai-je.

J'avais mal partout, mais surtout au cœur. J'avais été si naïve d'avoir aveuglément fait confiance à Diane parce que nous aimions les mêmes programmes télé. Maintenant, cette erreur pouvait très bien me coûter la vie.

— Autrement, comment expliquer ton inexplicable connaissance du meurtre d'Ethel? Au début, j'ai cru que tu faisais peut-être une espèce de plaisanterie et que tu avais accidentellement révélé une vérité sans même le savoir, mais ensuite tu n'as pas arrêté d'apparaître partout.

Je secouai la tête et je cherchai vainement à me débarrasser de mes liens. Je comprenais pourquoi Diane avait pensé que j'avais un pouvoir de médium. D'une certaine façon, c'était vrai, mais pas comme elle le supposait.

— La veillée, la maison d'Ethel... poursuivit Diane en me donnant un coup de pied quand elle vit que j'essayais de détacher mes chevilles.

— Oh, ne prends pas un air si surpris. Anne est évidemment venue me le dire. La seule chose que je n'arrivais pas à comprendre, c'est pourquoi tu n'es pas allée me dénoncer à la police. Mais quand tu as essayé d'entrer dans ma maison, j'ai compris que tu avais en fait l'intention de m'attraper toi-même. Alors, bien joué, tu as réussi.

Elle partit d'un rire malveillant qui semblait complètement en décalage avec la femme au foyer qui portait des twin-sets et tripotait nerveusement son collier de perles.

— Mais *pourquoi*? Pourquoi as-tu tué Ethel? parvins-je à dire d'une voix étranglée.

J'avais très envie d'entendre la réponse, mais j'avais surtout besoin qu'elle continue à parler jusqu'à ce que je trouve un moyen de m'échapper. Il était possible qu'elle ait l'intention de me tuer après notre petite conversation. Manifestement, cette folle était capable de n'importe quoi.

Diane grogna comme un animal sauvage, montra ses dents et envoya un autre frisson droit dans mon estomac.

— Ne l'as-tu pas compris quand tu as aidé mon nigaud de mari infidèle à m'envoyer une requête de divorce aujourd'hui ?

Je retins mon souffle, réaction qu'elle apprécia.

— Alors, il couchait bien avec Bethany ! dis-je en exagérant mon jeu pour la pousser à parler aussi longtemps que possible.

J'avais eu tort au sujet de notre tueur, mais raison au sujet de la liaison. Que le soutien-gorge appartienne ou pas à Bethany, elle était quand même coupable.

— Qu'il couche avec elle ?

Diane fronça le nez de dégoût et se repoussa du sol pour se lever.

Mon téléphone vibra dans ma poche arrière, ce qui me donna une idée. Si je pouvais trouver un moyen d'appeler Octo-Chat par FaceTime, il pouvait aller chercher Mamie et elle pouvait ensuite aller voir la police. Il me fallait distraire Diane suffisamment pour qu'elle ne me voie pas mettre la main dans ma poche. C'était difficile d'être discrète avec les mains attachées, mais il fallait au moins que j'essaie.

— Ce n'était donc pas ce qu'il faisait? demandai-je avec curiosité.

— J'espère bien que non, étant donné qu'elle est sa fille. D'un autre côté, la fille illégitime de Richard est bien le dernier de mes problèmes en ce moment.

Elle bougea vite en se murmurant des choses de temps en temps.

Comment avait-elle caché une si grande partie de sa véritable nature? Comment était-il possible que je n'aie pas vu plus loin que son rôle de gentille femme au foyer? M. Fulton était-il au courant? Était-ce pour cela qu'il la quittait? J'avais envie d'en apprendre tellement plus, mais d'abord il me fallait fuir cette meurtrière folle qui faisait maintenant les cent pas devant moi.

— Et tu voulais tout l'argent d'Ethel pour toi-même, dis-je en espérant que cela l'encourage à partir dans un autre monologue expliquant ses motivations.

— Qui ne voudrait pas l'argent? Ce n'est pas comme si la vieille dame en avait pour longtemps à vivre, de toute façon. Je lui ai donné une mort facile qui, si tu me le demandes, était bien plus que ce qu'elle méritait.

Pendant qu'elle parlait, j'approchai tout doucement les mains de ma poche. Heureusement, mon téléphone était du côté opposé au feu, ce qui me donnait de l'ombre pour dissimuler mes mouvements.

— Tu es déjà riche, murmurai-je, heureuse qu'elle ne me regarde plus.

Diane s'était remise à fouiller fébrilement la pièce. Je priai pour qu'elle ne cherche pas à trouver un pistolet. J'étais capable de réfléchir assez vite, mais je ne pensais pas pouvoir agir assez rapidement pour éviter une balle qui me visait, particulièrement après ma blessure à la tête.

Elle partit d'un rire amer.

— Déjà riche en étant madame Fulton. Mais que penses-tu qu'il m'arrivera après le divorce?

Heureusement, ceci était une question rhétorique et elle continua à parler sans attendre mon avis.

— Je pensais avoir plus de temps. Richard était censé tout hériter de la part de sa tante, puis j'aurais obtenu la moitié si je pouvais tout simplement le garder content pendant assez longtemps pour que le testament soit appliqué. J'en ai eu assez d'attendre que la vieille dame passe l'arme à gauche, alors je l'ai aidée un peu. J'ai eu du mal à croire ma malchance quand nous avons découvert qu'elle avait changé son testament pour léguer presque tout ce qu'elle avait à ce stupide chat !

Je gardai les yeux rivés sur Diane en glissant le bout de mes doigts dans ma poche pour en retirer le téléphone. Elle continua sa diatribe sur sa pauvre vie injuste, mais je n'entendis que des bribes suffisantes à lui faire des réponses courtes. À la place, toute mon attention était maintenant sur mon téléphone.

J'appuyai pour le déverrouiller — ravie d'avoir désactivé le mot de passe — et je cliquai sur l'icône de l'application FaceTime afin de passer un appel à Octo-Chat sur mon iPad.

Je croisai les doigts qu'il ne soit pas trop fâché pour me sauver la vie.

CHAPITRE 18

’appel fonctionna et Octo-Chat répondit après quelques sonneries seulement. Je n’avais jamais été plus heureuse d’entendre la voix de quelqu’un de toute ma vie.

— Laisse-moi deviner, dit-il d’un ton plein d’ennui. Tu es en danger et tu as besoin que le chat vienne te sauver.

Oui ! eus-je envie de crier, mais il ne fallait pas que Diane se rende compte de l’appel si je ne voulais pas risquer de sérieux problèmes. À la place, il me fallait trouver un moyen pour la faire parler jusqu’à ce que mon chat puisse me sauver. Sérieusement, de toutes les choses dont pouvaient dépendre ma vie, je me retrouvais avec un chat parlant qui avait mauvais caractère… un chat que j'avais récemment mis très, très en colère contre moi.

Il fallait trouver une façon de poursuivre la conversation, mais Diane ne faisait pas attention à moi pendant qu'elle ouvrait des tiroirs et des boîtes à la recherche de ce dont elle avait besoin. Quelques minutes plus tard, elle trouva ce qu'elle cherchait depuis le début et s'approcha à grands pas pour me le montrer. Oh, comme je priai pour qu'Octo-Chat n'ait pas raccroché !

Je poussai le téléphone derrière mon dos en exagérant ma façon de lutter contre mes liens, parvenant juste à temps à le mettre hors de sa vue.

— J'arrêterais ça, si j'étais toi, m'avertit Diane en tenant le nouvel objet pour que je puisse le voir clairement.

Un vieux revolver réfléchit la lumière du feu sur son corps en métal lisse, et il avait beau me terrifier, je n'arrivais pas à en arracher le regard.

— C'est ça, dit mon assaillante avec un sourire en coin. Tu vas mourir.

Sous le choc, je repensai à Octo-Chat. Je n'entendais plus sa voix. Il était possible que nous ayons perdu la connexion ou qu'il en ait eu assez d'attendre. Malgré tout, il fallait que je continue avec mon plan en espérant qu'il soit là et qu'il écoute avec Mamie.

— Je peux garder le secret, suppliai-je. Je ne suis pas obligée de dire que tu as assassiné Ethel. Tu peux prendre l'argent et partir. Ou je peux partir. S'il te plaît, laisse-moi partir.

— Oh, Angie, dit-elle avec une fausse pitié. Tu oublies que je te connais. Tu es même incapable de garder le secret des résultats d'une compétition de chant à la télévision. Qu'est-ce qui te fait croire que je te ferais confiance avec un secret comme celui-ci ?

— Vas-tu m'abattre ? demandai-je d'une voix tremblante.

J'aurais aimé dire que j'en rajoutais, mais ç'aurait été un mensonge. Je ne savais pas du tout si mon plan d'évasion fonctionnait et si j'allais survivre à cette expérience horrible pour vivre un jour de plus. Si c'était le cas, j'allais tenir bien moins de choses pour acquises.

Comme la culpabilité ou l'innocence des gens, par exemple.

Diane me donna un coup de pied dans la jambe et baissa le pistolet de ma tête vers mon buste.

— C'est le plan B, révéla-t-elle froidement.

— Quel est le plan ? chuchotai-je alors que mon cœur galopait dans ma poitrine.

— Tu aimes nager. N'est-ce pas, Angie ? demanda-t-elle en me donnant un autre coup de pied. Je me suis dit que nous pouvions prendre un petit bain de nuit au Quai de Deadman. Qu'en dis-tu?

— Le quai de Deadman? répétai-je d'une voix forte. Mais le contre-courant là-bas... je ne pourrais pas... je...

Je pleurais ouvertement, désormais.

— Oh, je sais.

Le visage de Diane s'illumina d'une joie ignoble pendant qu'elle détachait les liens autour de mes chevilles.

— Maintenant, lève-toi.

— Je ne veux pas aller au quai de Deadman, pleurnichai-je.

S'il te plaît, Octo-Chat. S'il te plaît, sois en train d'écouter. S'il te plaît, comprends ce que j'essaie de te dire.

— Maintenant, tout tourne autour de ce que *je* veux.

Elle me donna un troisième coup de pied.

— Lève-toi.

D'une façon ou d'une autre, il me fallait trouver un moyen de me lever sans qu'elle voie le téléphone sur le sol derrière moi. Je fis semblant de me remettre difficilement debout puis je trébuchai en avant, renversant Diane par la même occasion.

— Oh, tu vas regretter ça, grogna-t-elle avant de

rire de façon très inquiétante. Heureusement, ça ne durera pas très longtemps.

Elle nous releva toutes les deux, appuya le pistolet entre mes côtes et me guida vers l'extérieur. J'avais l'impression que nous étions en route vers le quai de Deadman.

J'espérais que nous ne soyons pas les seules.

Malgré le grand SUV de luxe de Diane, le trajet fut cahoteux et douloureux. En tout cas, je n'allais pas me porter volontaire pour être allongée et attachée sur le plancher d'une voiture une autre fois... si je parvenais à survivre jusqu'au lendemain.

Elle avait fermement réattaché mes chevilles après m'avoir forcée à m'allonger dans sa voiture, puis elle me surveilla dans le rétroviseur pendant tout le parcours. Même si j'avais eu la force de préparer ma fuite, il m'aurait été impossible de le faire sous son regard vigilant.

Quand nous arrivâmes au quai Deadman, j'avais déjà perdu la sensation de mes pieds. Enfin, sauf les fourmis que je sentais partout et qui donnaient l'impression que je ne pouvais plus me mettre debout sans risquer de tomber.

Diane se gara près de l'un des bâtiments sombres parsemant les quais et elle fouilla rapidement les lieux avant de me forcer à sortir de la voiture.

Le vent frappait violemment les vagues alors que Diane enfonçait les ongles dans mon poignet et me tirait jusqu'à la jetée la plus proche. Mes chevilles étaient toujours attachées trop fermement pour que je puisse la suivre à petits pas. Il me fallait sautiller à la place, ce qui était particulièrement difficile étant donné que mes pieds s'étaient endormis et que mon cerveau était devenu fou de terreur.

— Je t'appréciais avant, marmonna Diane quand nous arrivâmes vers le milieu de la jetée. Ce sera bien plus difficile de te tuer que ça l'a été pour Ethel.

Waouh, merci. Elle allait quand même me tuer, mais au moins elle allait se sentir un peu coupable.

— Tu n'es pas obligée de faire ça, dis-je avec beaucoup de difficultés avant de tomber face contre terre sur les vieilles planches usées quand un de mes bonds n'atterrit pas bien.

— Arrête d'être aussi théâtrale, siffla Diane à mon oreille en plaçant les bras sous mes aisselles et en me remettant debout avec une série de grognements insultants. Je te dirais bien d'essayer un régime, mais...

Elle fit un geste désinvolte en riant.

— Tu te moques de mon poids, vraiment? dis-je en serrant les dents.

Mes jambes brûlaient. Les nouvelles blessures sur mon visage piquaient à l'endroit où ma joue avait frappé la jetée.

— Je suis certaine que tu te sentiras beaucoup moins coupable de me tuer, maintenant.

Diane ne dit rien, mais elle accéléra notre marche vers la fin de la jetée.

Je jetai un coup d'œil par-dessus mon épaule pour voir si Octo-Chat et Mamie avaient reçu mon message pour venir m'aider. Peut-être qu'un pêcheur de homards solitaire était dehors en train de vérifier ses pièges? Ou une voiture qui passait par hasard...

Ou alors, personne n'allait venir.

Peut-être allais-je vraiment mourir.

Nous étions maintenant à moins de trois mètres du bout de la jetée. La marée était haute et les vagues s'écrasaient si violemment qu'elles léchaient les planches et faisaient trembler le bois. J'étais bonne nageuse, ayant été élevée près de l'océan, mais pas assez douée pour échapper à ce genre de vagues alors que mes pieds et mes mains étaient liés.

J'avais une dernière chance de m'en sortir en vie et il était temps que je la prenne. En inspirant longuement et difficilement avant mon saut suivant, je m'orientai de façon à atterrir partiellement sur le pied de Diane, nous renversant toutes deux sur le côté.

— Oh, tu vas me payer ça! chuchota-t-elle avec force en tenant sa mâchoire qui avait frappé le bois dur des planches.

J'avais compté sur le fait qu'elle hurle et qu'elle jure à pleins poumons, mais ça n'arriva pas. Et nous n'étions pas non plus tombées dans l'eau.

Je regardai fébrilement autour de moi, cherchant quelqu'un qui puisse me sauver. *Octo-Chat*, suppliai-je dans ma tête. *S'il te plaît, s'il te plaît aide-moi!*

Puis je compris que j'allais de toute façon mourir d'une façon ou d'une autre, alors je commençai à crier de toutes mes forces, priant pour que quelqu'un m'entende, que quelqu'un m'atteigne à temps.

— À l'aide! Elle va me tuer!

Cela ne servit qu'à mettre Diane encore plus en colère et à la rendre plus déterminée à me tuer rapidement. Elle se remit debout.

— Merci de rendre les choses si faciles, Angie, grogna-t-elle avec une colère animale dans les yeux.

Nous n'avions pas atteint le bout de la jetée, mais apparemment nous étions assez proches. Elle me donna plusieurs coups dans les côtes en me forçant à m'approcher du bord.

— Non, arrête, s'il te plaît! hurlai-je dans la nuit.

À ma grande surprise, Diane marqua une pause et me regarda d'en haut sans la moindre pitié dans les yeux.

— Tu avais l'occasion d'arrêter tout, mais tu as continué à fouiller dans des affaires qui ne te regardaient pas. Ceci n'est pas de ma faute. C'est la tienne.

Et là-dessus, elle se baissa et me poussa des deux mains. Cela suffit à me faire rouler de la jetée dans l'océan impitoyable au-dessous.

J'inspirai profondément juste avant de frapper l'eau, juste avant que l'obscurité des vagues agitées me pousse vers le fond.

Bon, la question était réglée. Maintenant je le savais...

J'allais mourir.

CHAPITRE 19

Deux expériences de mort imminente en une semaine, ça devait être une sorte de record. D'un autre côté, je ne savais pas combien de temps je pouvais tenir. Non, je n'allais sans doute pas survivre en étant aspirée par le contre-courant du quai de Deadman. Le nom Deadman — l'homme mort — n'avait pas été choisi au hasard, après tout.

Et s'ils parvenaient un jour à trouver mon corps, ça ne serait pas le premier à être repêché de cette étendue de mer périlleuse.

Diane aurait disparu depuis longtemps.

J'agitai les bras et les jambes, mais je coulai plus profondément sous les vagues. Le sel de l'océan brûlait sur toutes mes blessures fraîches, m'aveuglant de douleur. Je retins ma respiration au-delà de ce qui était confortable, pendant que la panique me submergeait complètement. Je savais que la première inspiration d'eau salée pouvait finir par me tuer.

Mais je savais aussi que je ne voulais pas mourir.

Même si tout semblait contre moi, je devais me battre pour survivre. Je continuai donc à me débattre et à espérer tandis que les profondeurs obscures m'attiraient de plus en plus profondément dans leurs bras.

Plus mon cerveau manquait d'oxygène, plus la douleur commençait à s'estomper. Mon corps se sentit plus léger, plus chaud, presque comme si j'étais en train de remonter vers la surface. Il était plus probable que je sois morte sans remarquer le moment exact de mon trépas, et Dieu me faisait maintenant monter au paradis. Je voyais même briller une lumière.

Et elle m'aveuglait douloureusement.

Ce qui signifiait...

Étais-je en sécurité maintenant?

Je finis par prendre une grande respiration, incapable de tenir une seconde de plus. Une véritable agonie déferla encore en moi. La capacité humaine à ressentir de la douleur était véritablement incroyable. Je continuais à trouver de nouvelles façons d'avoir mal, même au cours des derniers instants avant ma mort.

Je toussai et je crachai, expulsant l'eau inhalée par erreur. Tout mon corps fut pris d'un frisson froid alors que quelques secondes auparavant, je m'étais sentie réchauffée et paisible. Même si j'avais l'impression que mes paupières étaient lestées par de gros blocs de pierre, j'ouvris les yeux juste assez longtemps pour remarquer que je n'étais plus sous l'eau.

Une personne me hissa sur la jetée et quelqu'un d'autre grimpa juste après. Était-ce celui qui m'avait ramené jusqu'à la surface ?

Je n'eus pas le temps de découvrir leurs identités, car tout redevint sombre quand je perdis connaissance.

Oui, *encore*.

Oui, cela faisait déjà trois fois cette semaine.

Cette fois était de loin la pire.

J'avais la gorge en feu et je vomis de la lave sur le sol à côté de moi. En tout cas, c'était mon impression.

La voix de Mamie fut la première que je parvins à distinguer dans le brouhaha qui m'entourait.

— C'est bien, ma chérie. Crache tout ça.

Je suivis son conseil et je toussai et toussai jusqu'à ce que ce soit moins douloureux. Quand j'ouvris les yeux pour voir qui m'avait sauvé, je me trouvai nez à nez avec une paire d'yeux ambrés qui scintillaient dans l'obscurité en me regardant avec pitié.

Non, pas avec pitié. C'était de la *peur*.

Tout le corps d'Octo-Chat tremblait et ce n'était pas à cause de l'humidité de sa fourrure ou de la fraîcheur de la nuit.

— Je pensais t'avoir perdue, toi aussi, souffla-t-il entre deux respirations félines paniquées.

— Je vais bien, dis-je en tendant la main pour le caresser.

Il était trempé et je me demandai s'il avait sauté dans l'eau pour me suivre malgré sa haine de tout liquide ne sortant pas d'une bouteille d'Évian.

Sa respiration difficile devint plus calme et finit par être noyée par le beau bruit de son ronronnement satisfait.

— Diane Fulton, grognai-je en crachotant encore. S'est-elle échappée ?

Une paire de bras forts et familiers me redressa en position assise et enveloppa une couverture de survie brillante autour de mes épaules.

— Nous l'avons attrapée, dit le policier avec un sourire rassurant.

Comme il était tout aussi trempé que moi, je supposai que c'était l'homme courageux qui avait sauté dans l'eau pour me sauver avant que le quai de Deadman ne me réclame à jamais.

Mamie apparut à côté de moi et elle s'installa sur la jetée en croisant les jambes comme si nous étions à une soirée pyjama et pas en mission de sauvetage.

— C'était une très bonne idée d'appeler ton iPad, me dit-elle en ne faisant aucune référence directe à Octo-Chat. Nous avons pu enregistrer de notre côté et nous l'avons donné à la police pour preuve. Ainsi que son intention de te tuer, révéla Mamie en frottant mon épaule sous la couverture isolée. C'était vraiment terrible à entendre, particulièrement quand l'appel a été coupé.

J'eus le cœur serré en imaginant les événements de la soirée du point de vue de ma pauvre grand-mère. Heureusement, c'était une vraie dure et j'avais l'air d'aller bien, maintenant.

— Bien sûr, tu vas devoir m'acheter un nouvel iPad, ajouta Octo-Chat en venant s'installer sous la couverture avec moi. Et vu tout ce que tu m'as fait traverser ce soir, il faudra peut-être que tu en achètes deux.

— Vous avez fait ce qu'il fallait, dit le policier à Mamie. Grâce à votre présence d'esprit, vous avez sauvé la vie de votre fille.

— Oh, de ma petite-fille, en réalité.

Mamie gloussa et enroula une mèche de cheveux autour de son doigt d'un air coquet en dévisageant le policier de la tête aux pieds. Un policier beaucoup, beaucoup trop jeune pour qu'elle flirte avec lui.

— Comment vous appelez-vous, déjà ?

Certaines choses ne changeaient jamais, et j'en étais ravie.

— Officier Damon Bouchard, madame.

Il lui sourit gentiment, mais je sentis Mamie se raidir à côté de moi à cause du mot « madame ». Son béguin s'était terminé aussi vite qu'il avait commencé. C'était une bonne chose, car nous avions déjà assez de problèmes.

— Êtes-vous prête à monter dans l'ambulance ? demanda l'autre policier — une femme — qui s'approcha de nous depuis la jetée.

— Mon chat peut-il venir également ?

L'officier Bouchard haussa les épaules et jeta un coup d'œil vers sa partenaire.

— Je suppose qu'il peut nous accompagner, mais malheureusement, il ne pourra pas entrer dans l'hôpital avec nous.

— Mais... hésitai-je.

Après tout ce que nous venions de traverser, je ne voulais pas le quitter, surtout pas si vite.

— Tout va bien, ma chérie, dit Mamie en reportant à nouveau toute son attention sur moi. Je vais m'occuper de lui jusqu'à ce que tu ailles assez bien pour rentrer à la maison.

— Puis-je juste avoir un moment seule avec lui? demandai-je en sachant que cette requête donnait l'impression que j'étais folle.

— Euh, d'accord, acquiesça l'officier Bouchard.

— Nous serons juste là, dit la policière en indiquant un endroit vers la droite, mais ça ne m'intéressait pas.

— Tu peux rester, Mamie, dis-je lorsqu'elle commença à se relever difficilement.

Elle s'assit à nouveau et passa les bras autour de moi, puis nous attendîmes d'être sûres d'avoir l'intimité nécessaire.

— Merci de m'avoir sauvé la vie, chuchotai-je en direction de mon buste, où Octo-Chat était toujours collé contre moi. Je suis désolée de t'avoir porté par la peau du cou, et je suis désolée pour toutes les fois où j'ai été grossière ou que je ne t'ai pas compris. Au cours de cette dernière semaine, tu es devenu mon meilleur ami... enfin, en dehors de Mamie, je veux dire… et je suis ravie que tu fasses partie de ma vie. Peux-tu me pardonner ?

Il y eut un instant de silence tendu avant qu'Octo-Chat finisse par s'extraire de la chaleur de la couverture et vienne se placer devant moi, sur la jetée.

— Tu es ma meilleure amie également, dit-il en frottant la tête contre ma main et en ronronnant sincèrement. Mais si tu me portes encore par la peau du coup, je te tuerai et je mangerai les preuves.

J'éclatai de rire et Mamie se joignit à moi sans vraiment savoir pourquoi.

— Merci d'avoir vengé Ethel, dit-il quand nos éclats de rire diminuèrent. Tu lui aurais plu, tu sais.

Mes yeux se mirent à larmoyer en entendant ce compliment. *Ouille*, il ne me fallait pas plus d'eau salée. Son chat était si merveilleux que j'étais certaine qu'elle m'aurait plu également.

CHAPITRE 20

Je me sentais en forme — tout bien considéré — mais l'hôpital insista pour me garder au moins vingt-quatre heures, parce que je courais encore le risque de succomber à ma quasi-noyade.

Je grognai quand un visage familier entra dans ma chambre.

— Alors… dit le docteur Artie Lewis, le même urgentiste qui m'avait traitée plus tôt dans la semaine avec un grand sourire irritant. Vous avez décidé de placer la barre plus haut, cette fois, hein ? Vous savez, la vie réelle n'est pas un film d'action. Vous ne pouvez pas continuer à mettre votre vie en danger et vous attendre à survivre.

Oui, c'était le même type qui m'avait donné l'impression d'être une idiote quand j'étais venue après avoir reçu un choc électrique à cause de la cafetière du travail. C'était contrariant de voir que ses manières ne s'étaient pas améliorées depuis la dernière fois que je l'avais vu.

Le médecin hocha la tête en ignorant le fait que je n'avais répondu ni à son salut ni à ses conseils.

— La noyade est certainement une façon plus impressionnante de perdre connaissance. Bien joué.

Venait-il vraiment de complimenter ma façon de me faire du mal? Comme si je le faisais exprès. Je me demandai brièvement si ce pas-si-bon docteur n'était pas un peu casse-cou dans sa vie en dehors de l'hôpital. Il semblait presque enthousiaste en parlant des détails de ma quasi-noyade.

— Laissez-moi tranquille, suppliai-je en brisant enfin mon silence.

N'avais-je pas déjà traversé assez d'épreuves pour une journée?

J'étais presque morte, bon sang!

Il me jeta un regard assassin avant de glousser pour lui-même et de dire :

— Impossible. Cette fois, vous avez besoin de bien plus qu'un peu de paracétamol. Vous savez, un sourire ne ferait pas de mal non plus.

Si j'avais encore eu des forces, j'aurais sauté du lit

pour lui donner un coup de poing. J'avais pourtant vu assez de violence pour une journée, même si j'avais l'impression que ce médecin était du même acabit que mon collègue que j'aimais le moins, Brad.

Il était peut-être temps de commencer à explorer les thérapies de médecine alternative… ou d'arrêter de perdre connaissance un jour sur deux. Les deux faisaient l'affaire.

— Je reviens plus tard, annonça le docteur Lewis après avoir jeté un bref coup d'œil à mes signes vitaux. Au fait, vous avez des visiteurs dans la salle d'attente. Voulez-vous que je vous les envoie?

— Oui, s'il vous plaît.

Je hochai la tête avec enthousiasme en me demandant si Mamie avait trouvé un moyen de faire entrer Octo-Chat en douce dans ma chambre. Elle en était capable.

Cependant, ce n'était pas Mamie qui venait me voir.

Quelques minutes plus tard, M. Fulton et Bethany entrèrent à pas feutrés dans ma chambre. M. Fulton portait un ours en peluche rose géant sur lequel il était écrit *C'est une fille*, ce qui me fit rire.

Ouille. Rire me faisait mal à la poitrine.

— Comment vas-tu? demanda Bethany en faisant courir les doigts sur le bord de mon lit.

Je ne l'avais encore jamais vue porter des vêtements qui n'étaient pas pour le travail et je fus surprise de découvrir que son style personnel était assez sympa. Elle portait un pantalon rouge à pois blancs avec un chemisier blanc, tenue qui aurait très bien pu se trouver dans la garde-robe de Mamie ou la mienne.

— Assez bien, à vrai dire.

Je lui souris pour lui montrer que ça allait et qu'il n'y avait aucune rancune entre nous.

— Je suis désolé que ma femme ait failli te tuer, intervint M. Fulton en me prenant par surprise.

Ça ne faisait que quelques heures que j'étais à l'hôpital. Il me semblait étrange que Bethany et lui sachent déjà ce qui était arrivé.

— Comment l'avez-vous découvert ?

Je voulais savoir ce qu'il avait appris sur ce qui s'était passé entre Diane et moi, et s'il était au courant qu'elle avait également tué sa chère tante.

Il se dépêcha de tout expliquer :

— Je suis revenu en avance de mon voyage et j'ai vu ta voiture devant ma maison et la porte qui était grande ouverte. Peu de temps après, des policiers sont arrivés et ils m'ont conduit au poste pour interrogatoire. Disons qu'ils m'ont mis au courant des activités choquantes de ma femme.

— Et toi ? dis-je à Bethany.

Je me souvenais maintenant qu'au milieu de son monologue hystérique, Diane avait affirmé que Bethany était la fille de M. Fulton. J'avais encore beaucoup de questions à ce sujet, mais j'espérais qu'ils me renseignent sans avoir besoin de les encourager. Après tout, ça ne me regardait pas vraiment.

Bethany jeta un regard nerveux vers M. Fulton.

— Il m'a appelée en venant ici.

— C'est bon, l'encourageai-je, apparemment incapable de faire comme si de rien n'était. Diane m'a dit la vérité. Du moins, c'est ce que je pense.

Je me tournai vers M. Fulton.

— Est-elle vraiment votre fille ?

— Oui, répondirent-ils en chœur en me regardant avec des expressions de visages similaires.

— Comment se fait-il que tu ne me l'aies pas simplement dit ? demandai-je à Bethany en me souvenant du sale quart d'heure que je lui avais fait passer à l'enterrement.

Bien sûr, je me sentais très mal, maintenant.

— Je ne voulais pas que ça s'ébruite, expliqua M. Fulton. Diane était déjà très contrariée.

Je jetai un coup d'œil à Bethany.

— Étais-tu au courant depuis tout ce temps ?

— Pas depuis le début. Je m'étais dit qu'il

pouvait être mon mystérieux père disparu quand j'ai accepté le poste au cabinet, mais nous venons seulement de le faire vérifier par un test ADN. En fait, c'est pour cela que j'avais décidé de postuler au départ.

M. Fulton semblait sur le point d'être malade en expliquant :

— J'ai trompé Diane quand nous sortions ensemble. Juste une fois, mais...

— Ma mère est tombée enceinte, poursuivit Bethany. J'ai eu quelques étranges... problèmes de santé ces dernières années et j'ai essayé d'en savoir plus sur les choix que j'avais. Ma mère a finalement cédé et elle m'a un peu plus parlé de mon père.

— Oh, dis-je simplement.

C'était nul pour Diane que son mari l'ait trompée. D'accord, ils n'étaient pas encore mariés à l'époque, mais ils étaient quand même engagés l'un envers l'autre. Nous supposions toujours que notre partenaire était fidèle... mais d'un autre côté, nous supposions aussi qu'il n'allait pas essayer d'assassiner une personne qui nous est chère.

— Nous avons pensé que puisque tu faisais déjà partie du drame familial à cause de Diane, tu méritais au moins de connaître toute l'histoire, dit-elle en reniflant.

— Je suis vraiment désolée, Bethany. Je t'ai affreusement mal traitée.

Tout me frappa alors : elle avait grandi sans père. Elle avait subi des problèmes de santé qu'elle ne se sentait pas de partager, et elle avait récemment perdu une tante qu'elle n'avait même pas eu l'occasion de connaître.

— Oui, c'est vrai, dit Bethany avec un froncement de sourcils qui se transforma vite en sourire. Mais je t'ai traitée si mal par de nombreuses autres occasions que nous sommes peut-être tout juste quittes maintenant. Arrêtons de nous faire tomber l'une l'autre et essayons de nous élever à la place, d'accord ?

— Nous les filles, nous devons nous soutenir, acquiesçai-je. Au fait, j'aime vraiment ta tenue.

Elle sourit et balança les hanches d'un air enjoué en entendant ce compliment.

— Encore une fois, je suis vraiment désolé que ma femme ait essayé de te tuer, dit M. Fulton. Ce que je ne comprends pas, c'est pourquoi. Le sais-tu ?

Bethany et lui m'étudièrent avec des yeux curieux.

J'inspirai profondément avant de leur révéler :

— Elle pensait que j'étais médium et que j'avais tout compris. Elle a avoué avoir tué Ethel pour obtenir plus d'argent de votre divorce.

M. Fulton soupira et secoua la tête.

— L'es-tu? demanda Bethany qui retint légèrement sa respiration en attendant ma réponse.

Je pris un air perplexe.

— Suis-je quoi?

— Médium.

— Quoi?

Je gloussai nerveusement. Personne en dehors de
Mamie ne devait connaître la vérité au sujet d'Octo-
Chat et moi.

— Non, bien sûr que non. Ne dis pas n'importe
quoi.

Bethany rit également.

— Je voulais juste voir si tu avais encore toute ta
tête après cette grosse perte d'oxygène dans ton
cerveau.

M. Fulton posa une main sur l'épaule de sa fille.

— Bethany, peux-tu nous laisser un instant?

— Bien sûr. Je t'attends dehors, répondit-elle.

Elle me sourit une dernière fois avant de quitter la
chambre et de fermer la porte derrière elle.

Fulton attrapa une chaise et la plaça à côté de
mon lit.

— Je pense qu'il est évident que je démissionne
du cabinet.

Je hochai la tête, ne sachant pas trop ce qu'il
voulait que je fasse, maintenant.

— Je vais utiliser cela comme une occasion de prendre ma retraite, d'apprendre à connaître ma fille et de profiter de la vie en dehors du travail, pour changer.

— C'est super, dis-je, heureuse pour lui, mais ayant du mal à maintenir mon enthousiasme.

Mon cerveau était alourdi par le poids de toutes les nouvelles connaissances que j'avais acquises ce jour-là et j'avais besoin de me reposer.

— Je ne savais pas du tout ce que fabriquait Diane. Je suis vraiment désolé qu'elle t'ait fait du mal.

Il passa la main dans son veston et en sortit un chéquier.

— Je sais que je ne pourrais jamais tout réparer, mais laisse-moi t'aider un peu. Penses-tu que cent mille suffit à…? Eh bien, à me pardonner?

J'avançai ma main vers la sienne, mais je ne l'atteignis pas.

— Inutile de me payer. Je vous pardonne.

— S'il te plaît, laisse-moi faire quelque chose. Cet argent allait revenir à Diane lors du divorce, et maintenant qu'elle va sans doute passer le reste de sa vie en prison, j'en ai soudain bien plus que nécessaire.

Il semblait si triste, souhaitant à tout prix me donner une petite fortune en compensation. Mais il n'avait jamais rien fait de mal. Enfin, pas au cours des trente dernières années, du moins.

— Je n'ai besoin de rien, dis-je en remarquant au moment où je prononçais les mots que ce n'était pas entièrement vrai.

M. Fulton dut apercevoir mon hésitation, car il dit :

— Je vois bien que si. Que dirais-tu de cent cinquante? Deux cents? S'il te plaît, dis-moi simplement de quoi tu as besoin.

Pendant un court instant, je me permis d'imaginer ce que serait ma vie avec ce genre de somme. Je pouvais arrêter de travailler, faire un apport considérable à une maison qui m'appartenait vraiment, ou même prendre quelques années de congé pour voyager.

Je pouvais faire tout ce que je souhaitais.

Mais franchement, ma vie me plaisait, même si elle semblait terne aux yeux de quelqu'un de l'extérieur. Bien sûr, je voulais être riche un jour — *qui n'en avait pas envie?* — mais je voulais également créer ma propre fortune, à ma façon.

Il y avait cependant une chose que je voulais maintenant désespérément et que seul M. Fulton pouvait m'offrir.

— J'ai bien une requête, si ça ne vous gêne pas, soufflai-je après m'être léché les lèvres craquelées et sèches.

Il se redressa et plaça son stylo au-dessus de son chéquier.

— Comme tu veux. Dis ton prix.

— Ça vous ennuierait que je garde le chat? demandai-je, ayant presque peur de respirer tant qu'il ne m'avait pas donné sa réponse.

Il ferma le chéquier et me regarda sans comprendre.

— Le chat? dit-il pour clarifier.

— Oui, Octavius Maxwell… je m'interrompis en riant. Vous savez, le chat d'Ethel dont je me suis occupée cette semaine.

— *Le chat!*

La compréhension illumina enfin ses yeux.

— Je l'avais oublié avec tout ce qu'il s'est passé ces derniers jours.

Je souris et j'attendis sa réponse.

Il me la donna avec un clin d'œil que je ne compris pas tout à fait.

— Bien sûr, tu peux avoir le chat. Je t'enverrai ses affaires dans quelques jours, quand tu seras à nouveau installée chez toi.

Mon cœur débordait de joie de pouvoir garder l'animal que j'avais jusqu'à très récemment considéré comme le fléau de mon existence. Désormais, je ne l'aurais échangé pour rien au monde, même pas pour deux cent mille dollars.

— Merci beaucoup, dis-je, absolument aux anges, en voyant partir M. Fulton.

Il me tardait de rentrer et de raconter la bonne nouvelle à Octo-Chat.

* * *

On me donna deux semaines de congés pour me remettre de mon épreuve et je les passai roulée en boule sur le canapé avec Octo-Chat, à rattraper toutes nos séries télé humaines préférées. Nous avions même trouvé une émission sur un entraîneur pour chats que nous trouvions hilarante. Chaque fois que « l'expert » interprétait ce que ressentait le chat, Octo-Chat corrigeait ce qu'il disait et nous éclations de rire.

Au bout de quelques jours de vacances forcées — oui, il avait tellement fallu me forcer la main —, un colis arriva par coursier.

— De quoi s'agit-il? demandai-je après avoir signé mon nom sur les pointillés.

Il haussa les épaules et partit en me laissant seule avec la lettre mystérieuse. C'était une lettre très épaisse, d'au moins une vingtaine de pages.

— Qu'as-tu là ? demanda Octo-Chat en venant s'asseoir à côté de moi pendant que je continuais à m'interroger sur l'enveloppe en papier Craft posée sur la table.

— Je n'en ai sincèrement aucune idée, répondis-je en tripotant le fermoir.

— Eh bien, ouvre-la ! Je meurs de curiosité, moi.

Je décidai de ne pas lui faire de reproche, car j'étais moi-même assez curieuse.

Après avoir sorti le tas de feuilles, je parcourus rapidement la première, puis je feuilletai le reste en cherchant les titres de chaque section du document juridique devant moi.

— Dis-moi, Octo-Chat, murmurai-je sans pouvoir arracher mon regard au document. Quel est ton nom complet, déjà ?

— Octavius Maxwell Ricardo Edmund Frederick Fulton Russo, dit-il en faisant rouler sans effort chaque syllabe sur sa langue râpeuse.

— Ooh, tu as ajouté mon nom de famille.

— Évidemment. Tu es mon humaine, dit-il avec un tressaillement attendrissant de ses moustaches.

— Euh, pour des raisons légales, il te faudra laisser tomber Russo, cependant.

— Pourquoi?

Je poussai les papiers vers lui, même s'il ne lisait pas encore très bien.

— Qu'est-ce que ça dit?

Il agita la queue, impatient.

— Ce sont les papiers pour le fonds fiduciaire qu'Ethel a créé pour toi. Maintenant que tu vis avec moi, je suis officiellement ta tutrice et donc en charge de tes affaires.

Il bâilla.

— Ce qui veut dire?

— Deux choses, expliquai-je avec un immense sourire. Premièrement, tu m'appartiens légalement, maintenant. Et deuxièmement, nous allons recevoir un salaire de cinq mille dollars par mois pour contribuer à tes soins et te fournir le style de vie auquel tu es habitué.

Octo-Chat écarquilla les yeux.

— Enfin! s'écria-t-il. Je savais qu'Ethel n'allait pas m'oublier. Maintenant, parlons un peu de cette habitation…

Inutile de vous arrêter ici. Le livre suivant de cette série est désormais disponible et gratuit avec votre abonnement Kindle Unlimited. Commandez votre exemplaire dès *Transgressions du Terrier* maintenant !

ET ENSUITE ?

Je commence enfin à accepter le fait que je peux parler aux animaux, même si le seul qui me répond est un chat tigré grincheux que j'ai pris l'habitude de nommer Octo-Chat. Ce que je n'ai pas tout à fait résolu, c'est comment cacher mon secret...

Maintenant, un des partenaires de mon cabinet d'avocats a découvert mon nouveau talent étrange et il insiste pour que je l'utilise afin de défendre son client contre une accusation de double meurtre. Pour ne rien arranger, Octo-Chat n'a aucune intention de nous aider.

Notre seul espoir repose sur un York crétin nommé Yo-Yo qui n'a pas tout à fait compris que son propriétaire est mort. Trouverons-nous un moyen de pousser Yo-Yo à nous aider sans briser son pauvre petit cœur canin ?

***Transgressions du Terrier* est maintenant disponible. Commandez votre exemplaire dès aujourd'hui !**

APERÇU
TRANSGRESSIONS DU TERRIER

Salut, je m'appelle Angie Russo et mon animal domestique est un chat qui parle. Enfin, il ne parle qu'à moi, mais bon. Quelques mois se sont écoulés depuis qu'il est venu vivre avec moi après le meurtre de sa propriétaire, une gentille vieille dame qui a été empoisonnée par une personne de sa propre famille cherchant à accaparer l'héritage.

Depuis, Octo-Chat et moi nous sommes habitués à vivre en colocation et il est assez souvent agréable avec moi, tant que je lui donne son petit-déjeuner à temps et que je ne l'appelle absolument jamais « minou ». Il a même appris à utiliser son iPad pour m'appeler sur FaceTime afin que nous restions en contact quand je suis au travail.

Oui, *son* iPad.

Ai-je déjà mentionné qu'il était terriblement gâté ?

Non seulement il possède sa propre tablette, et un fonds fiduciaire également, mais il insiste pour ne boire que de l'Évian fraîche et ne manger que certaines saveurs de Gourmet servies sur des plats spécifiques et selon son planning rigoureusement suivi bien que totalement inutile.

Je dois avouer que j'ai fini par l'aimer, ce que je n'aurais jamais cru possible. Ces temps-ci, j'apprécie même à peu près mon travail d'assistante juridique chez Fulton, Thompson et Associés. Tout est assez intéressant depuis que les Fulton ont brutalement quitté la ville et que notre cabinet a perdu son plus ancien associé.

Une compétition acharnée s'en est suivie pour savoir qui allait prendre sa place. Jusqu'à ce que M. Thompson décide qui il aimerait promouvoir, nous demeurons simplement Thompson et Associés. De nombreux candidats — à la fois de notre cabinet et de l'extérieur — sont passés par nos bureaux dans l'espoir d'obtenir le poste convoité dans le cabinet d'avocats le plus respecté de Blueberry Bay, mais Thompson a des difficultés à choisir.

Je le comprends. Je ne voudrais certainement pas être à sa place.

Notre cabinet est maintenant tristement célèbre

après le meurtre surprenant impliquant un des associés et sa famille. Tout le monde veut un scoop, mais M. Thompson a été très clair : nous ne devons pas parler de ce qui est arrivé.

En attendant, il a engagé un nouvel associé pour faire face à la charge de travail. Charles Longfellow, III, est arrivé avec de très bonnes recommandations, un superbe CV et une beauté encore plus grande.

Cela fait un moment que je n'ai pas eu de béguin, mais, bon sang, j'en pince pour Charlie. Il a d'épais cheveux ondulés qui tombent parfaitement en une vague sombre sur son front. Il est grand, du genre *peut-être a-t-il joué au basket au lycée, mais sans doute pas à l'université*, on pourrait facilement se perdre dans ses yeux vert foncé. Je le sais, parce que ça m'est déjà arrivé plusieurs fois.

Oui, bien que je préfère généralement les livres aux garçons, je suis souvent très perturbée quand Charles est à proximité. C'est sans doute la raison pour laquelle j'ai fait une erreur aussi colossale...

Maintenant, on me fait du chantage au sujet de mon plus grand secret : le fait que je sache parler aux animaux.

Et le pire ? Ça ne me déplaît pas.

Je devrais sans doute commencer par le début, hein ?

Bon, c'est parti…

* * *

Octo-Chat m'a appelée par FaceTime juste avant midi. J'étais au bureau, bien sûr, mais comme il savait qu'il ne devait pas m'appeler sauf s'il y avait une urgence, je décidai d'interrompre mes recherches et de répondre. De plus, presque tout le monde avait quitté le cabinet pour une réunion à déjeuner, me laissant plus ou moins seule dans le bâtiment.

— De quoi as-tu besoin ? demandai-je après avoir scruté les locaux.

Normalement, je prenais les appels d'Octo-Chat dans les toilettes, mais un des associés adjoints y était resté pendant au moins une demi-heure avant de partir… et je voulais éviter le désastre qu'il avait laissé derrière lui.

— Il y a une mouche dans mon Évian, se plaignit mon chat avec un miaulement aigu.

Son visage semblait complètement scandalisé lorsqu'il se pencha près de la caméra.

— Oh, pauvre de toi, dis-je gentiment en levant les yeux au ciel juste en dehors de sa vue.

Octo-Chat était véritablement trop gâté pour son propre bien, mais d'un autre côté, je recevais un salaire mensuel de cinq mille dollars pour m'occuper de lui, alors je ne pouvais pas trop me plaindre.

— C'est exactement ce que je pensais, répondit-il avec une grimace et un soupir. J'ai besoin que tu rentres immédiatement à la maison pour rectifier cette situation.

— Je ne peux pas. Je suis au travail, lui rappelai-je avec mon propre soupir harassé tout en cliquant nonchalamment sur les emails de ma messagerie trop pleine.

Octo-Chat grogna quand il remarqua qu'il n'avait pas toute mon attention.

— Je pensais que tu n'étais censée travailler qu'à mi-temps, maintenant?

Pourquoi devais-je constamment expliquer mes choix de vie à un chat? De toute façon, il se souvenait rarement de ce que je lui disais. Nous avions eu cette même conversation au sujet de mon travail au moins trois fois, déjà. La répéter maintenant me semblait être un exercice de la plus pure futilité.

Malgré tout, il était plus facile de lui expliquer encore que de gérer un de ses caprices.

— Oui, techniquement je suis à mi-temps, expliquai-je patiemment. Mais je dois donner un coup de main jusqu'à ce que Thompson engage enfin un nouvel associé. Il y a beaucoup de travail ici, et malheureusement je n'ai pas le temps de passer à la maison et de te verser un nouveau bol d'eau. Je suis désolée.

Il fronça les sourcils, prêt à se battre pour une chose aussi simple.

— Mais n'as-tu pas un salaire mensuel généreux pour faire en sorte que je reçoive les soins auxquels je suis habitué ? Car je ne suis absolument pas habitué à avoir une mouche qui agite toutes ses pattes en nageant dans mon Évian.

Encore une fois, il était plus facile de céder que d'argumenter pendant des heures ou des jours.

— *Argh*, très bien. Je vais demander à Mamie de passer te verser plus d'eau. Ça te va ?

Il bâilla, ce qui m'irrita encore plus.

— Pas exactement. Il me faudra des jours pour me remettre de cet événement horrible. Peux-tu faire en sorte que Mamie sache qu'il faut jeter le bol contaminé ?

— Tu es un chat, dis-je en serrant les dents. Tu es censé être un chasseur redoutable, pas un bébé pourri gâté. Tu sais, les autres chats...

— Angie ? dit une belle voix profonde au milieu de notre conversation.

Oh, non, non, non. Tout le monde était censé être parti !

Je me tournai sur ma chaise et je découvris Charles Longfellow, III en personne derrière moi, fixant bouche bée l'image d'Octo-Chat sur l'écran de mon téléphone qu'il voyait par-dessus mon épaule.

— Euh, salut, Charles.

Je gloussai nerveusement en appuyant sur le bouton pour mettre fin à notre appel, mais c'était trop tard. Il avait déjà vu et entendu plus qu'assez pour découvrir mon secret. Le mieux que je pouvais espérer maintenant, c'était qu'il pense que l'un de nous était devenu fou. Ou les deux.

Le fait qu'il me regardait comme si je venais de me faire pousser une deuxième tête était bon signe. C'était peut-être moins étrange que ce qu'il venait de surprendre.

— Est-ce que tout va bien ? demanda-t-il en levant un épais sourcil dans ma direction.

L'air me sembla soudain rare, comme si le bureau venait d'être transporté au sommet de la montagne la plus proche.

Je hochai la tête, souhaitant désespérément que Charles s'en aille et qu'il arrête de m'interroger.

— Parfaitement bien, merci, mentis-je en regrettant de ne pas avoir hérité des légendaires talents d'actrice de Mamie.

En l'occurrence, je voyais que mon collègue n'était

pas berné par mes tentatives pour minimiser la situation.

Effectivement, sa voix dégoulina de sarcasme lorsqu'il dit :

— Vraiment ? Parce qu'on aurait dit que ton chat avait besoin d'aide avec son…

Un sourire délicieux s'étala sur son visage, s'étirant d'une pommette haute jusqu'à l'autre.

— Évian ? C'est bien ça ?

Ma mâchoire tomba, mais aucun mot n'en sortit pour expliquer l'étrange spectacle dont mon béguin venait d'être témoin.

— Alors, insista-t-il en écarquillant les yeux. Étais-tu en pleine conversation avec ton chat, ou pas ?

Je fis passer une mèche de cheveux derrière mes oreilles et je déglutis avant de bafouiller ma réponse.

— Euh, je l'appelle parfois quand je ne suis pas à la maison. Il souffre d'angoisse de la séparation, alors…

Je lui fis mon sourire le plus mielleux, mais il ne sembla pas fonctionner. J'étais gravement surpassée par le sien.

— Mais on aurait dit qu'il te répondait, insista Charles. Comme si vous aviez une véritable conversation l'un avec l'autre.

Je clignai des paupières en bafouillant :

— Quoi? Non, ne dis pas n'importe quoi. Je ne peux évidemment pas parler aux animaux. Je veux dire, qui le peut?

— Toi, apparemment, dit Charles en plissant les yeux.

Apparemment, il n'allait pas me lâcher tant que je ne révélais pas l'unique chose que je voulais le plus cacher.

J'avalai l'énorme boule qui s'était maintenant coincée dans ma gorge, puis je partis d'un rire hystérique.

— *Je t'ai eu!* Je n'arrive pas à croire que tu aies cru à ma petite plaisanterie de bureau!

Charles fourra les deux mains dans ses poches et se balança d'avant en arrière sur ses talons, tout en ne disant rien.

Oh non. Pourquoi ne disait-il rien?

Mon cœur galopait comme un étalon sauvage alors que mon rire nerveux s'estompait.

— Tu viens avec moi, dit-il.

— Quoi?

Je croisai les bras d'un air de défi.

— Non. J'ai trop de travail à rattraper ici.

Il posa les mains sur mon bureau et se pencha de sorte que nos visages ne se trouvent qu'à quelques centimètres l'un de l'autre. Dans presque n'importe quelle autre circonstance, j'aurais apprécié avoir son beau visage si près du mien.

Mais là ? J'étais absolument terrifiée.

— Tu m'accompagnes, répéta-t-il avec un sourire diabolique. Sauf si tu veux que je raconte ce que j'ai vu à tout le monde.

Je déglutis.

— Tout le monde ?

— *Tout le monde*, confirma-t-il avant de se redresser et de remettre sa cravate d'aplomb.

Complètement stupéfaite et incapable de voir une alternative, je me levai pour rejoindre Charles.

— Excellent, dit-il en me conduisant jusqu'à la porte et en me faisant signe de passer.

Je me retournai pour l'examiner.

— Où allons-nous ?

— Chez moi, répondit-il froidement pendant que nous traversions le parking jusqu'à sa voiture.

Charles ne m'avait encore jamais invitée nulle part, surtout pas chez lui. Malheureusement, quelque chose me disait que je n'allais pas du tout aimer ce qui m'attendait là-bas.

Transgressions du Terrier est maintenant disponible. Commandez votre exemplaire dès aujourd'hui !

À PROPOS DE MOLLY FITZ

Même si Molly Fitz, l'autrice de bestsellers sur la liste de *USA Today*, ne sait techniquement pas communiquer avec les animaux, ses trois assistants d'écriture félins et elle ont des conversations très animées en vaquant à leurs occupations.

Elle vit avec son enfant et leur propre zoo quelque part dans la nature sauvage de l'Alaska. Molly s'aventure parfois hors de chez elle pour de bons repas, du café délicieux, ou pour rencontrer de nouveaux animaux.

Apprenez-en plus sur Molly et ses livres en français, et n'oubliez pas de vous inscrire à sa newsletter sur **minoumystérieux.com.**

LES ENQUÊTES DE LA CHUCHOTEUSE

Angie Russo vient de s'associer avec le tout premier chat détective parlant de Blueberry Bay. Avec sa bande hétéroclite d'humains et d'animaux, Octo-Chat est bien décidé à sauver la situation... tant que ça n'interfère pas avec son planning. Commencez par le tome 1, ***Minou Mystérieux***.

MYSTÈRES MAGIQUES DE MERLIN

Gracie Springs n'est pas une sorcière… mais son chat est un sorcier. Elle doit maintenant aider à garder son secret ou risquer de passer le reste de sa vie dans une prison magique. Dommage que les problèmes semblent les suivre partout où ils vont! Commencez par le tome 1, ***Merlin affronte un familier***.

L'AGENCE D'INTÉRIM PARANORMALE

La vie simple de Tawny Bigford prend un tour magique quand elle tombe sur le meurtre de sa propriétaire et qu'elle est recrutée par un chat noir parlant nommé Fluffikins pour prendre le rôle de la défunte en tant que Sorcière Officielle de la ville de Beech Grove, Géorgie. Commencez par le tome 1, ***Sorcière à louer***.

COMMUNIQUEZ AVEC MOLLY

Si vous cherchez à rejoindre une communauté de doux dingues qui aiment les animaux autant qu'ils aiment les livres, alors nous allons vraiment nous entendre !

Suivez **ma page Facebook** exclusivement réservée à mon lectorat français : Facebook.com/lapilealire

Abonnez-vous à **ma newsletter** pour recevoir des cadeaux numériques, les dernières nouvelles et même des cadeaux occasionnels réservés uniquement à mes fans français : minoumystérieux.com/abonnez